이 책을 쓰고 그린 이미경 작가는 25년 넘는 시간 동안

전국 곳곳 발길이 뜸한 골목을 누비며 구멍가게 그림을 그렸습니다.

작가의 구멍가게 작품은 영국의 BBC, 크리에이티브 붐, 중국의 판다TV

등에 소개되었고, 첫 책 〈동전 하나로도 행복했던 구멍가게의 날들〉은

프랑스, 대만, 일본 등에서도 번역 출간되었습니다.

두 번째 책 〈구멍가게, 오늘도 문 열었습니다〉를 썼습니다.

이 책은 작가의 세 번째 책으로 10여 년간 아시아와 유럽을 중심으로

19개국을 여행하며 만난 정겹고 다정한 구멍가게를 담았습니다.

www.leemk.com

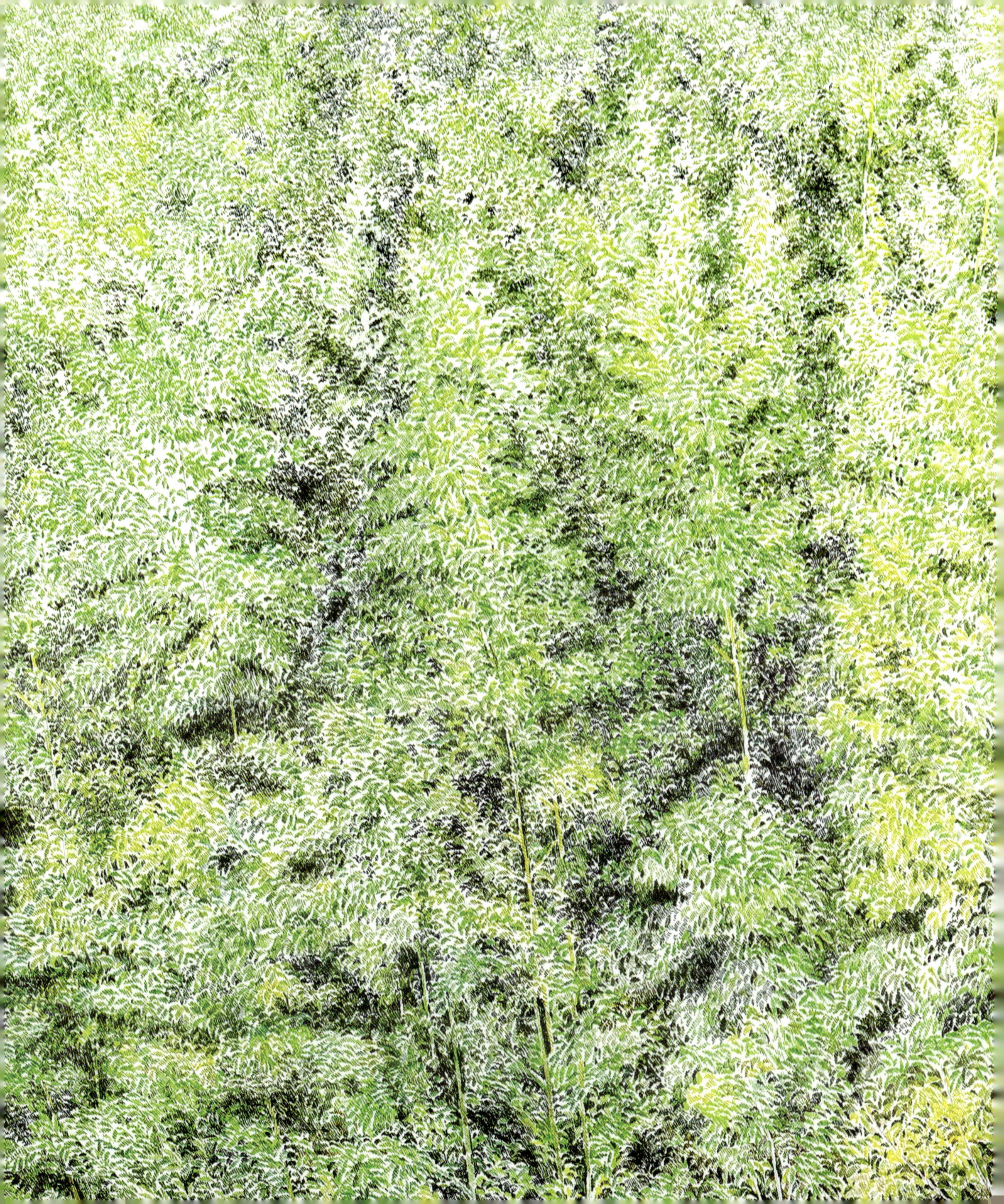

일러두기

작품 캡션은 작품명, 작품 크기, 제작 연도 순서이며 작품은
모두 종이에 아크릴 잉크와 펜으로 작업했습니다.

마음을 두고 온 곳,
세계의 구멍가게 이야기

글 그림 이미경

남해의봄날

프롤로그 세계의 구멍가게를 찾아서

이번 책에는 세계의 구멍가게를 소개하려고 합니다. 2020년에 출간된 <구멍가게, 오늘도 문 열었습니다> 이후 5년 만입니다. 2017년에 펴낸 <동전 하나로도 행복했던 구멍가게의 날들>이 대만, 프랑스, 일본에 번역본을 낼 때 그 나라의 가게도 한 곳씩 그려서 책에 담았습니다. 그 구멍가게들을 보며 '그동안의 작업을 좀 더 확장해도 좋지 않을까?' 하는 생각이 들었습니다. 새로운 부활을 꿈꾸는 인도의 구멍가게 키라나와 "구멍가게 mom and pop store와 함께 살아요!"를 외치는 뉴욕의 도시계획 전문가 매트 팰버에 대한 기사를 통해 그들도 우리처럼 도시가 발전하고 성장하는 과정에서 긴 시간 지역 공동체의 삶을 공유해 온 오래된 가게들을 점점 잃어 가고 있다는 것을 알았습니다. 비록 세상의 빠른 변화를 붙잡아 두진 못하더라도 공통된 상실감이 애정 어린 관심으로 이어지고 모두가 공존하길 바라는 마음으로 세계의 구멍가게를 찾아 그리는 작업을 시작했습니다.

틈틈이 가깝고도 먼 나라들을 행복하게 여행했습니다. 조바심과 두근거리는 마음으로 세상 낯선 곳곳을 헤집고 다니며 아름답게 나이 든 가게를 찾아다녔습니다. 네팔 포카라에서 오스트레일리아 캠프를 오르는 담푸스 산길과 몇백 년 된 가게들이 즐비한 박타푸르, 시드니 외곽 마을 주택가 골목, 몽골 울란바토르 언덕마다 빽빽한 달동네 판잣집,

1970년대 우리나라 같은 모습의 구멍가게를 흔히 만날 수 있는 인도와 필리핀, 어린 시절을 떠올리게 하는 라오스, 모로코의 카사블랑카와 쉐프샤오엔, 중국의 상하이와 차마고도, 튀르키예의 이스탄불과 괴레메의 골짜기, 스페인과 유럽의 아름다운 도시 마을을 두루 돌아다녔습니다. 여행자의 발길이 드문 미로같이 복잡한 도심의 뒷골목이나 한적한 시골 오지 마을도 마다하지 않았습니다. 그렇게 힘들게 만난 구멍가게와 사람들은 친절하고 다정했습니다. 말이 통하진 않아도 부드러운 미소와 눈빛으로 따뜻한 마음이 전해졌습니다. 각 나라의 가게들은 종교, 문화와 기후, 경제적 상황에 따라 각기 다른 특징과 독특한 매력을 지녔습니다. 몇 대를 이어오며 지금도 구멍가게의 전성기를 누리는 나라들도 있었고 가끔은 힘들게 찾아간 가게가 이미 문을 닫아 아쉬운 마음으로 겉모습만 담아 오기도 했습니다. 추우면 추운 대로 더우면 더운 대로 구멍가게의 온도와 시간의 초침은 나라마다 다르게 흐르고 있었습니다. 그럼에도 구멍가게가 지닌 정서적 공감대는 별반 다르지 않았습니다.

여행을 떠올리면 지금도 괜스레 싱숭생숭 마음이 들뜹니다. 사춘기였을까요? 그 무렵 마음이 심란할 때면 버스를 타고 차창 밖 거리와 지나가는 사람들을 하염없이 바라보며 종점까지 다녀오곤 했습니다. 목적지 없이 출발한 버스가 도심의 번화한 지역을 지나

복닥복닥 사람살이 풍경이 가득한 마을에 다다르는 동안 한 편의 다큐멘터리를 보는
듯했습니다. 그러고 나면 어느새 뾰족했던 마음도 사그라들고, '고민거리는 뭐였더라?
뭐, 별것 아니네' 하며 털어 버렸습니다. 스물두 살, 혼자 유럽 배낭여행을 다녀온 후에도
그 시간이 못내 아쉬워 울릉도 여행을 다시 떠났습니다. 물론 혼자서요. 그랬던 시간들이
오래도록 기억에 남아 자유롭게 떠도는 여행자의 삶을 꿈꾸기도 했습니다. 요즈음도
구멍가게를 찾아 여행을 떠납니다. 그곳이 어디든 길 위에 나서면 감각이 반짝반짝
예리해지고 마음도 씩씩해집니다.

지금까지 다녀온 여러 나라와 도시들이 눈에 아른거립니다. 그림 그린다고 작업실에 늘
매여 있었던 것 같은데 돌아보니 세상을 향한 나의 호기심은 틈날 때마다 어디론가 떠나게
했습니다. 매해 저축하듯 쌓아 온 여행의 기록들, 간혹 예전 빛바랜 사진들과 화소 낮은
카메라로 찍은 흔들리는 영상들도 있지만 세계의 구멍가게를 작업하기에는 부족하지
않았습니다. 25년 동안 우리의 구멍가게를 재현이라는 작업 방식을 빌어 기록하고 일상의
삶을 그려 왔습니다. 펜촉Pen을 아크릴 잉크에 찍어 가느다란 펜 선을 촘촘히 긋고 겹겹이
쌓아 올려 다양한 색色과 면面을 만들어 냅니다. 물론 그 내면에는 그리움이나 향수와 같은

서정적 감성을 담고자 했습니다. 이번 세계의 구멍가게들도 그동안 해 온 작업 방식과 같이
가게의 한 시절을 떠올리기도 하고 경계가 허물어진 빈 부분은 메우기도 하면서 꾸준히
작품을 완성해 나갔습니다. 점점 세계의 구멍가게 작품들로 작업실 벽이 채워지고 어느새
나의 무의식은 다녀왔던 그 여행길을 다시 뚜벅뚜벅 걷고 있습니다.

어딘가 머무른 곳, 마음을 두고 온 곳,
함께한 꿈 같은 시간들이 한 편의 시詩처럼 마음을 휘감습니다.

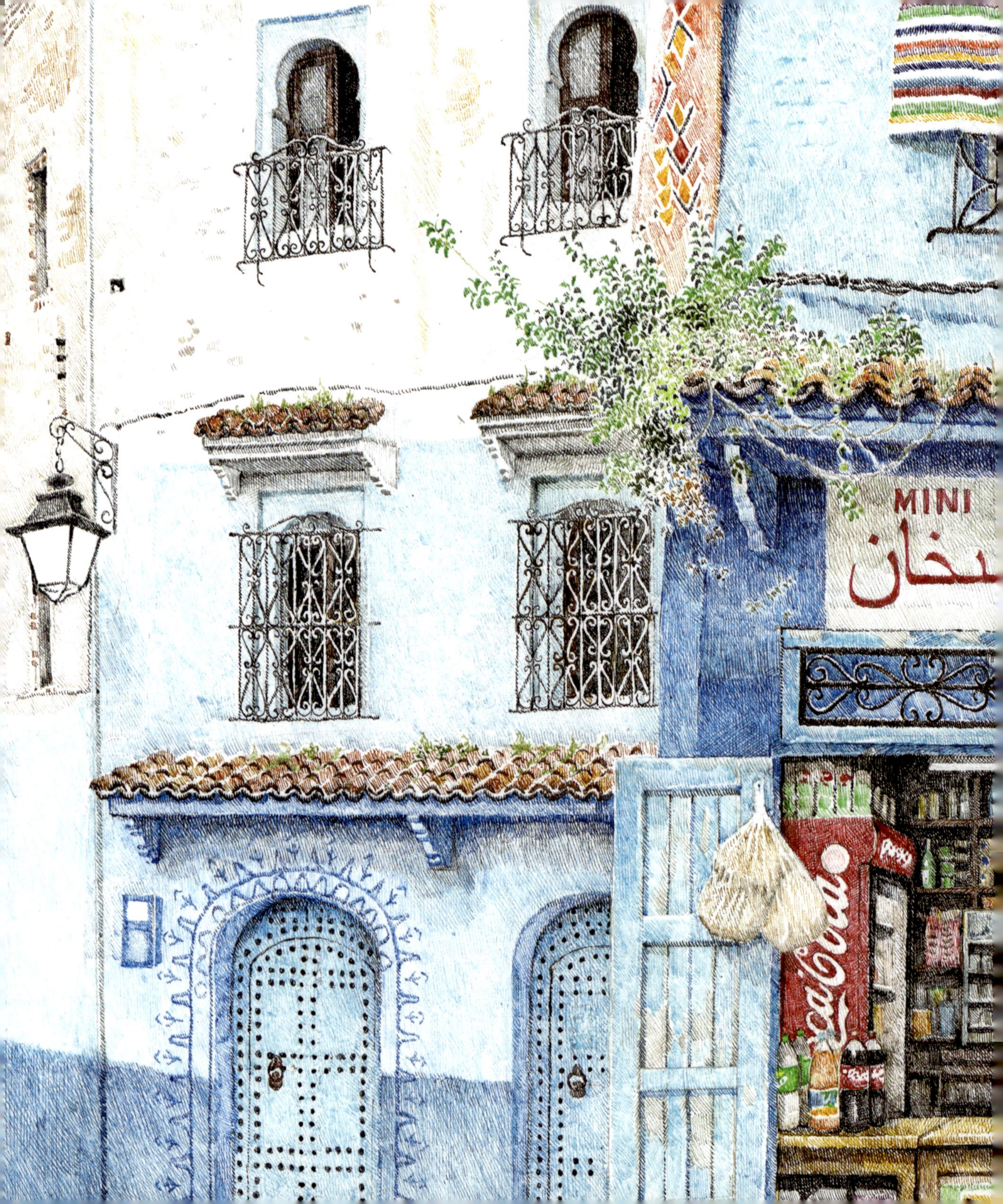

MINI
دخان
Coca-Cola

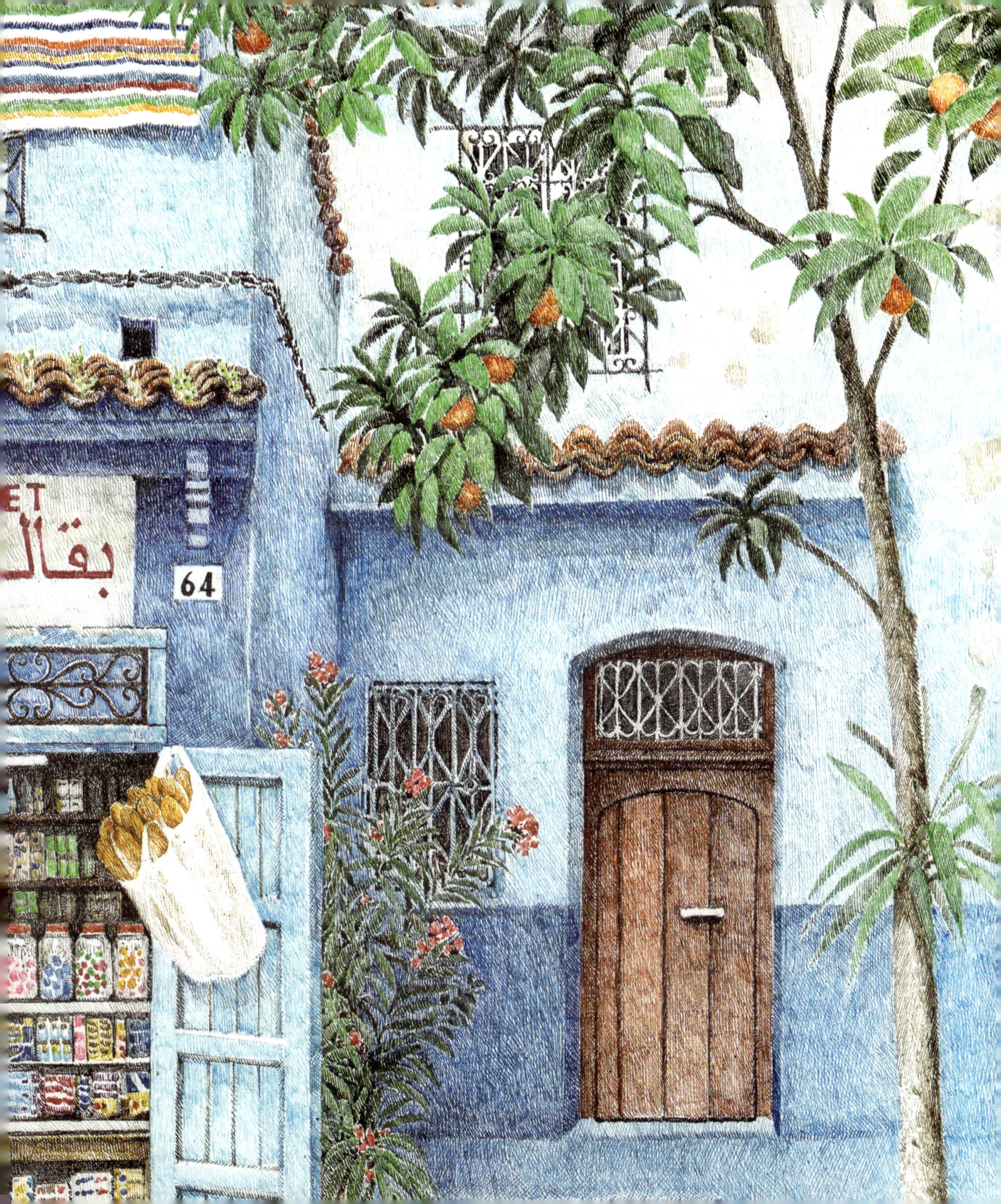
ET
بقال
64

목 차

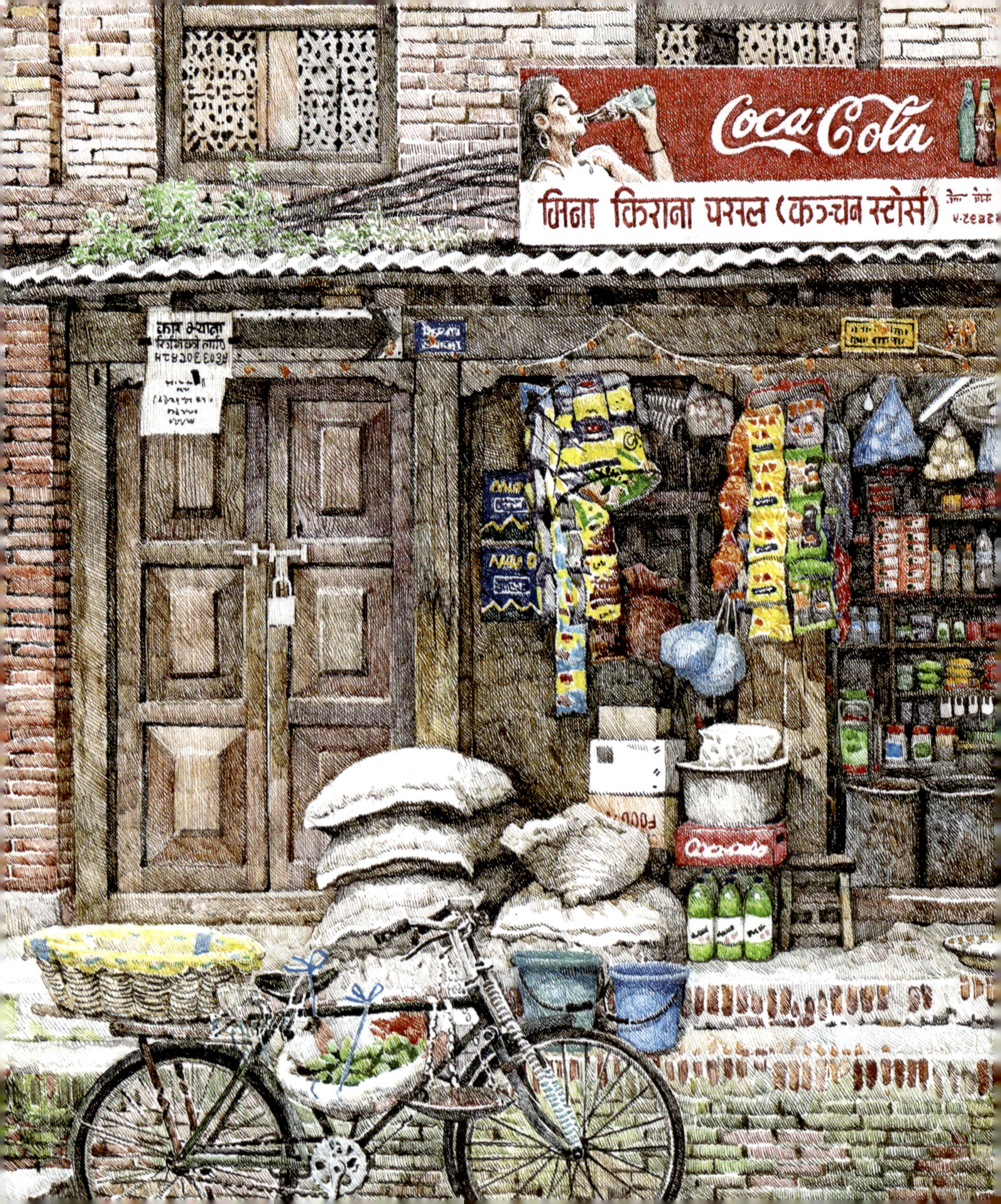

Coca-Cola
विजना किराना घरसल (कञ्चन स्टोर्स)

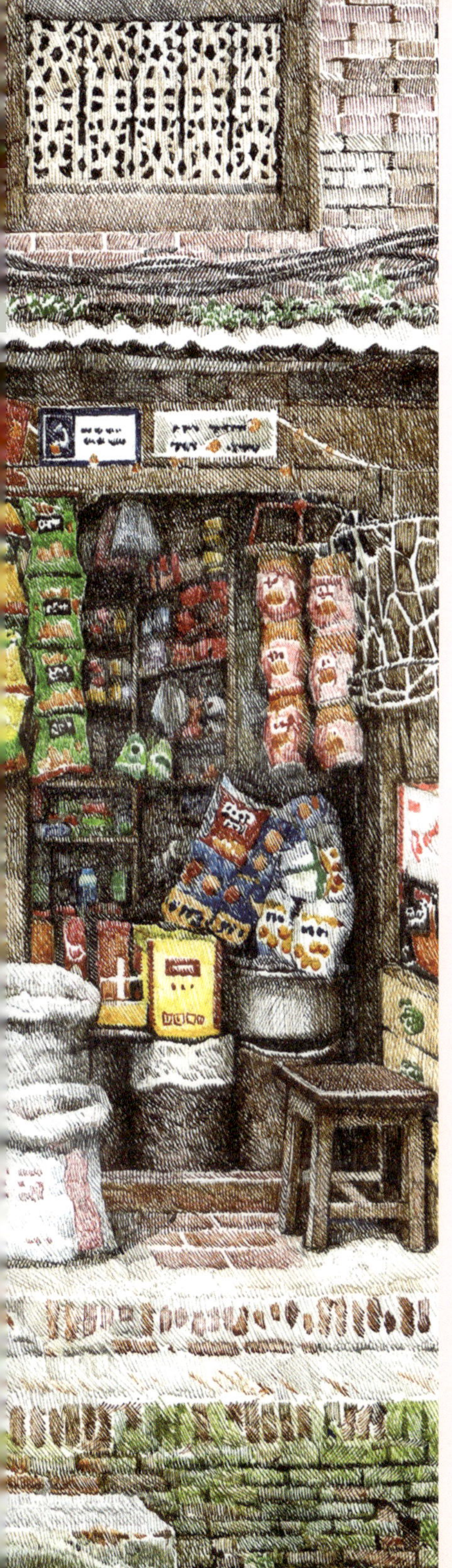

낯선 길에서

발견한 익숙함

천 겹의 칠,

만 번의 손길이

오손도손 나눈 세월의 결,

아름다운 주름살 가득한 가게,

가만히 귀 대면 일렁이는 시간의 속삭임.

행복한 순간들은 별처럼 빛나서

두고두고 마음에 밝은 길을 낸다.

조지아의 상인

다큐멘터리 <조지아의 상인>을 봤다. 조지아의 외딴 마을에 만물상이 도시에서 가져온 중고 물품 같은 잡동사니들을 풀어놓자 하나둘 사람들이 모여들고 물건값을 현금 대신 감자로도 치른다. 시간이 멈춘 듯한 조지아의 정겨운 시골 마을을 보니 아주 오래전 방물장수 아주머니가 떠올랐다.

대여섯 살 무렵, 집이 드문드문 몇 채 안 되는 산골 마을에 온갖 물건을 끈으로 얽어매어 머리에 이고 양손 가득 보따리를 든 방물장수 아주머니가 "아줌니" 하고 할머니를 부르며 시골집 마당으로 들어서곤 했다.

짐 꾸러미뿐만 아니라 동네마다 들었던 이야기보따리도 함께 풀어놓는다. 아주머니가
펼쳐 놓은 비녀, 거울, 화장품, 동동구리무, 참빗, 실, 바늘 등 갖가지 물건들. 할머니는
먼길 힘들게 싸 들고 온 아주머니를 봐서 한 개라도 집어 들고 돈이 없을 때는 콩이나 쌀로
지불하기도 했다. 물건값인지 적적한 시골 마을에 이런저런 소식을 전해준 값인지 알 수
없지만 우리에게도 그런 날이 있었다.

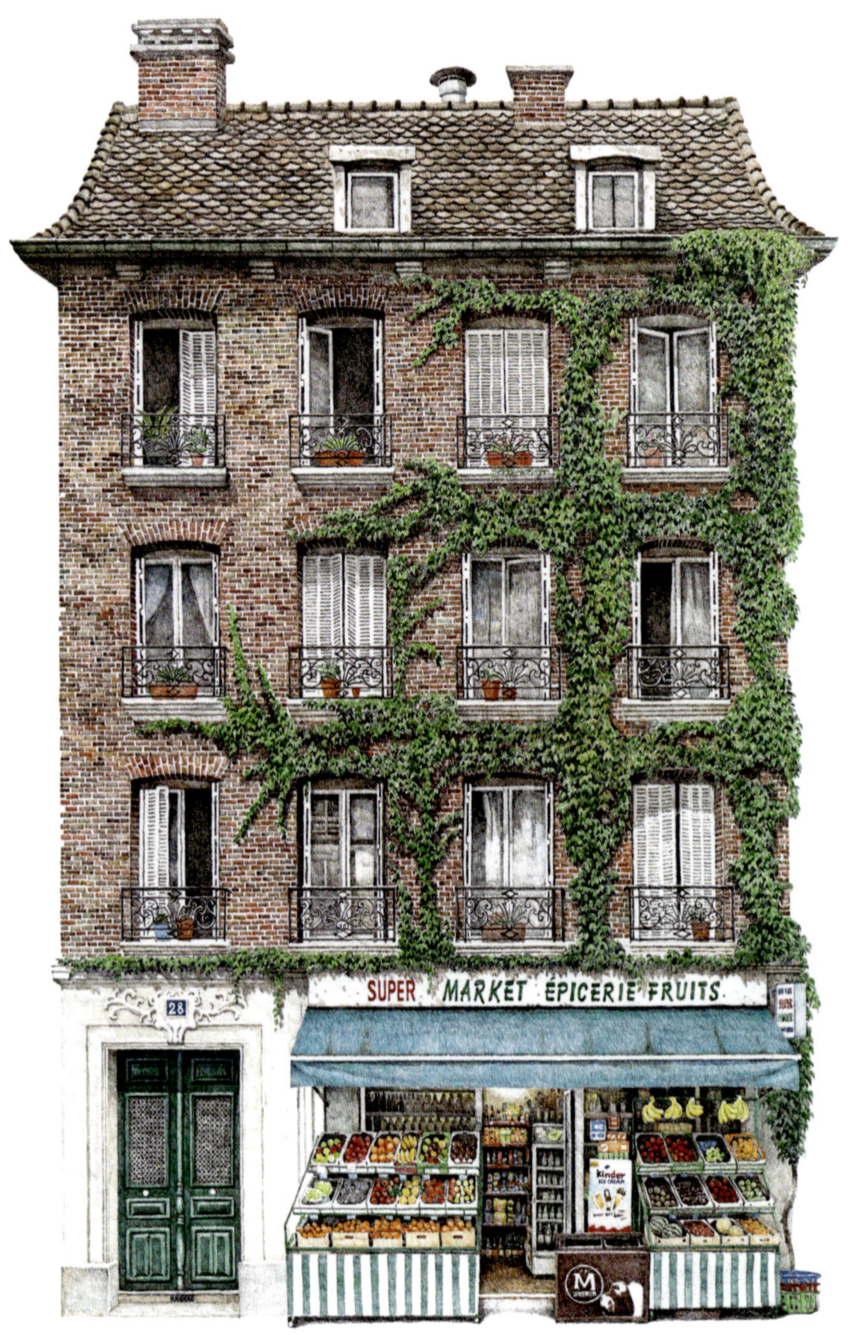

28
SUPER MARKET ÉPICERIE FRUITS
kinder
M

파리의 크고 작은 가게들

2019년 6월, 코로나19로 발이 묶이기 전 파리에 갔다. 딸아이의 출장길에 갑자기 동행하게 되었다. 열흘의 기간 동안 대부분 파리에 머무르며 딸이 일을 하러 나가면 나는 구멍가게를 찾아 벨기에 브뤼셀, 독일 쾰른, 네덜란드 암스테르담을 다녀왔다. 스무 살 무렵 배낭을 메고 걸었던 이 도시들을 다시 밟으니 마음이 뭉클했다. 단단한 석조 건물들, 한낮의 뜨거운 햇살, 수많은 예술품과 뮤지엄, 거리에 넘쳐나는 여행자들. 30년이 흘렀는데도 이곳은 변함이 없다. 서점에 들러 프랑스어로 번역된 <동전 하나로도 행복했던 구멍가게의 날들Les petites épiceries de mon enfance>을 찾아보고 싶었는데 그러질 못해 아쉬웠다. 파리의 골목을 걷다가 유독 아름답고 오래된 거리에 들어섰는데 1세기에 만들어진 파리 5구에 위치한 무프타르 거리다. 파리에서 진정한 프랑스를 경험하려면 이 거리를 걸어야 한단다. 2천 년이 넘는 세월을 지켜 온 거리인 만큼 유서 깊은 건물들과 오래된 가게들을 만날 수 있다. 무프타르 거리 초입에는

프랑스 슈퍼마켓 : 41×61cm : 2024

일요일 아침마다 비드 그르니에vide-Greniers라고 부르는 제법 큰 규모의 벼룩시장이 열리는데 일부러 찾아가 구경하는 것만으로도 즐거웠다. 그해 6월은 한낮엔 30도를 훌쩍 넘길 정도로 무더웠지만 아침의 시장은 구경하기에 적당한 햇살로 활기찼다. 관광객보다 현지 주민이 더 많았는데 필요한 물건도 사고 이웃들을 만나 안부를 물으며 소식을 주고받는 모습이 우리의 재래시장을 닮아 정겨웠다.

파리에는 여러 규모의 가게들을 볼 수 있는데 아침 8시부터 밤 10시까지 영업하는 슈퍼마르세supermarché는 제법 큰 슈퍼마켓이다. 상품의 종류도 많고 깔끔한 대신 가격이 비싼 편이지만 점포 수가 많아 파리 곳곳에서 쉽게 찾아볼 수 있었다.

다음은 에피세리에*épicerie*라고 부르는 식료품점으로 우리나라의 구멍가게와 비슷한 곳이다. 대부분 북아프리카나 아시아 출신 이민자들이 운영하는 이 가게는 보기엔 작고 허름한 듯하지만 야외에 채소와 과일들을 진열해 팔고 안에 들어서면 이런저런 다양한 공산품들도 살 수 있다. 슈퍼가 문을 닫는 밤 10시 이후에 더 많은 사람들이 이곳을 애용한다. 내가 머물렀던 숙소 맞은편에도 아랍계의 아저씨가 운영하는 식료품점이 있었는데 밤마다 들렀더니 나중에는 먼저 알아봐 주셔서 이런저런 인사말을 나누었다. 프랑스는 1960년대 대형마트가 들어서기 시작하면서부터 점점 기존의 재래시장이나 도심의 작은 소상공인의 설 자리가 좁아지고 있다. 그래도 파리 시민은 동네의 에피세리에에 들러 물건을 사고 일요일엔 이웃을 만나러 시장에 간다.

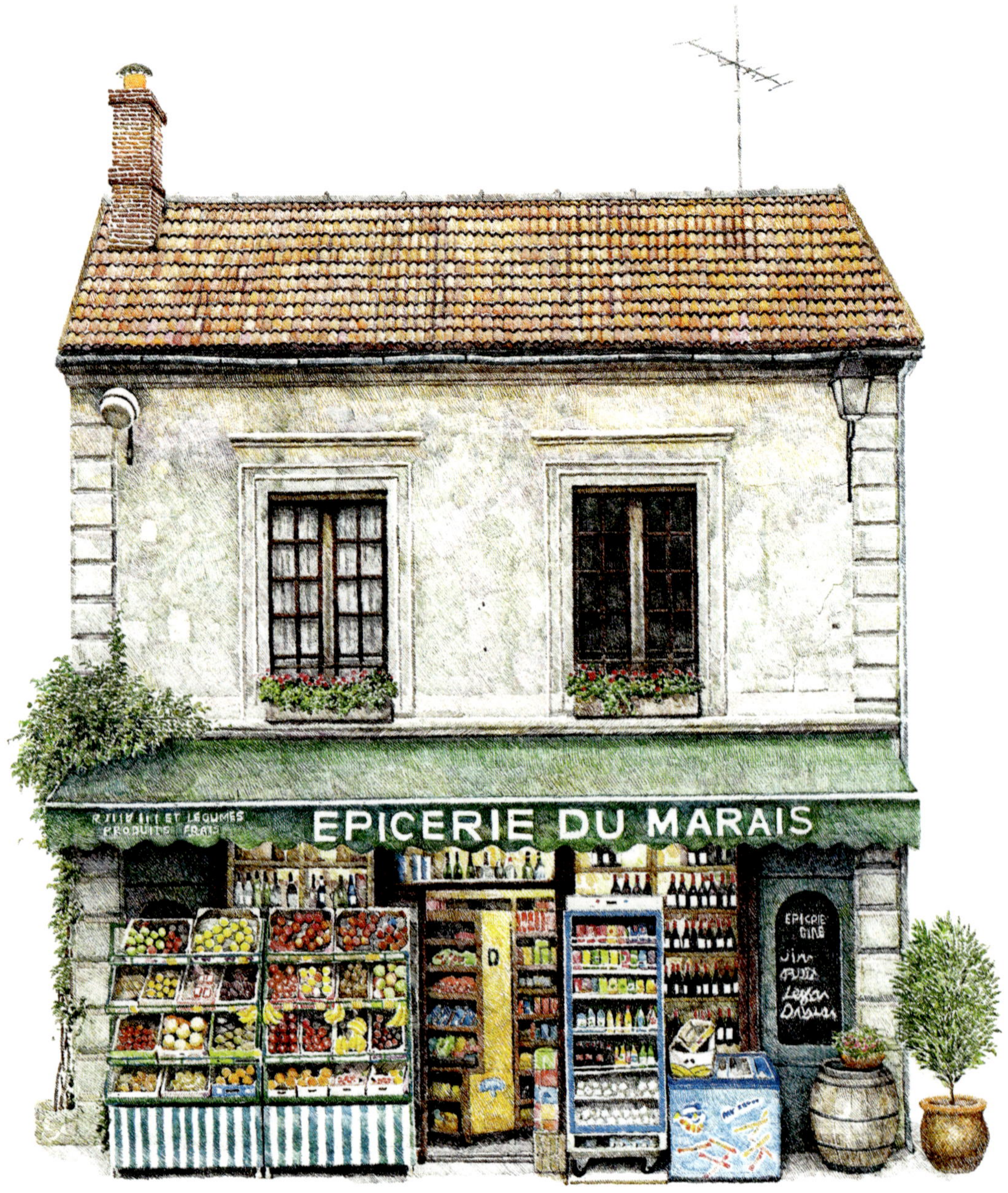
FRUITS ET LÉGUMES
PRODUITS FRAIS
EPICERIE DU MARAIS

봉주르 에피세리에

숙소 앞에 작고 아담한 에피세리에의 가게 주인은 늘 환하게 주름을 접으며 "봉주르" 인사를 건넨다. 은은한 와인 향기와 갓 구운 빵 냄새를 맡으니 갑자기 배가 고팠다. 치즈 한 덩이와 바게트 하나, 무화과 잼 그리고 추천해 주는 와인 한 병을 사 들고 나왔다. 품에 한 아름 안은 바스락거리는 종이봉투엔 기분 좋은 햇살과 포도 향기와 아저씨의 미소가 담겼다.

프랑스 마레 식료품점 ⋮ 35×35cm ⋮ 2018

청색 시대

여행을 떠나오기 전에 미리 보아 둔 가게를 찾아 파리에서 벨기에로 건너왔다.

샤흘 마두 거리Avenue Charies Madoux를 따라 내려가다 보면 한눈에 들어오는 파란색 건물이
보인다. 햇빛에 탈색되어 더 푸른빛을 띠는 청색 벽면에 낙서하듯 자유롭게 그려 넣은
그래피티와 곧게 뻗은 청록의 나무가 상점과 비대칭 균형을 이루며 서 있다. 마치 르네
마그리트의 작품에서 튀어나온 듯했다. 흥분된 마음으로 가게 앞을 맴돌고 길을 건너
바라보다가 다시 넘어와 서성였다. 유리창 너머 나를 유심히 바라보던 아저씨와 눈이
마주쳤다. 그제야 가게 안으로 들어가 일부러 챙겨간 그림 책자를 보여 주며 인사를 건넸다.
반백의 주인은 이곳에서 가게 문을 연 지 50년쯤 되었다고 했다. 영어가 서투른 아저씨와
몸짓 눈짓으로 소통하며 나는 점심으로 빵과 우유를 사 들고 기차를 타기 위해 서둘러
미디Bruxelles-Midi역으로 갔다.

얼마 전 위성 지도로 다시 찾아보니 가게가 헐려 있었다.
잠시 스치듯 지나온 인연이라도 마음은 헛헛하다.

벨기에 코너샵 ː 50×50cm ː 2024

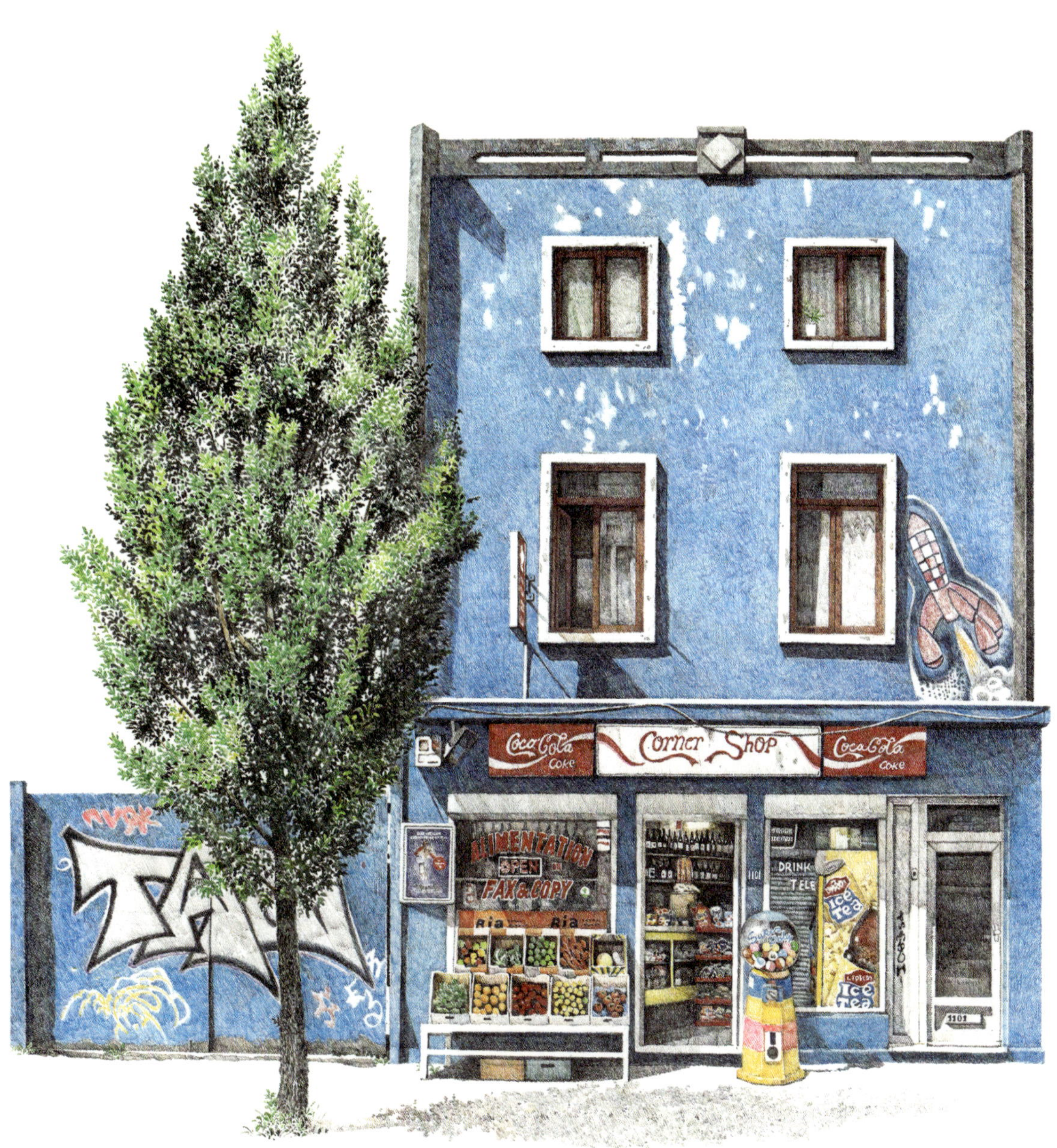

Coca-Cola Coke
Corner Shop
Coca-Cola Coke
ALIMENTATION
OPEN
FAX & COPY
Ria
Ria
DRINK
TELE
Ice Tea
Lipton Ice Tea

키오스크에서 만나요!

키오스크는 비대면 주문 결제를 안내하며 상점 앞에 우두커니 서 있다. 가게 주인과 오고 가는 흥정의 맛도 없고 단지 편리함만을 추구한다. 반면에 독일의 키오스크는 도심의 역 주변이나 주택가 골목에서도 종종 볼 수 있는 개인이 운영하는 소규모 가게로 우리의 구멍가게와 비슷한 곳이다. 슈페티späti라고도 부르는 이곳은 현금으로도 물건을 살 수 있고 휴일이나 밤늦은 시간에도 이용할 수 있는 동네 단골손님을 위한 가게다.

고딕 양식의 쾰른 대성당 근처 벽돌 문양이 독특한 건물의 가게에서 누텔라 비스킷과 하리보 젤리를 사서 들고나와 라인강·산책로를 걷다가 바라본 석양이 오늘따라 유난히도 붉었다.

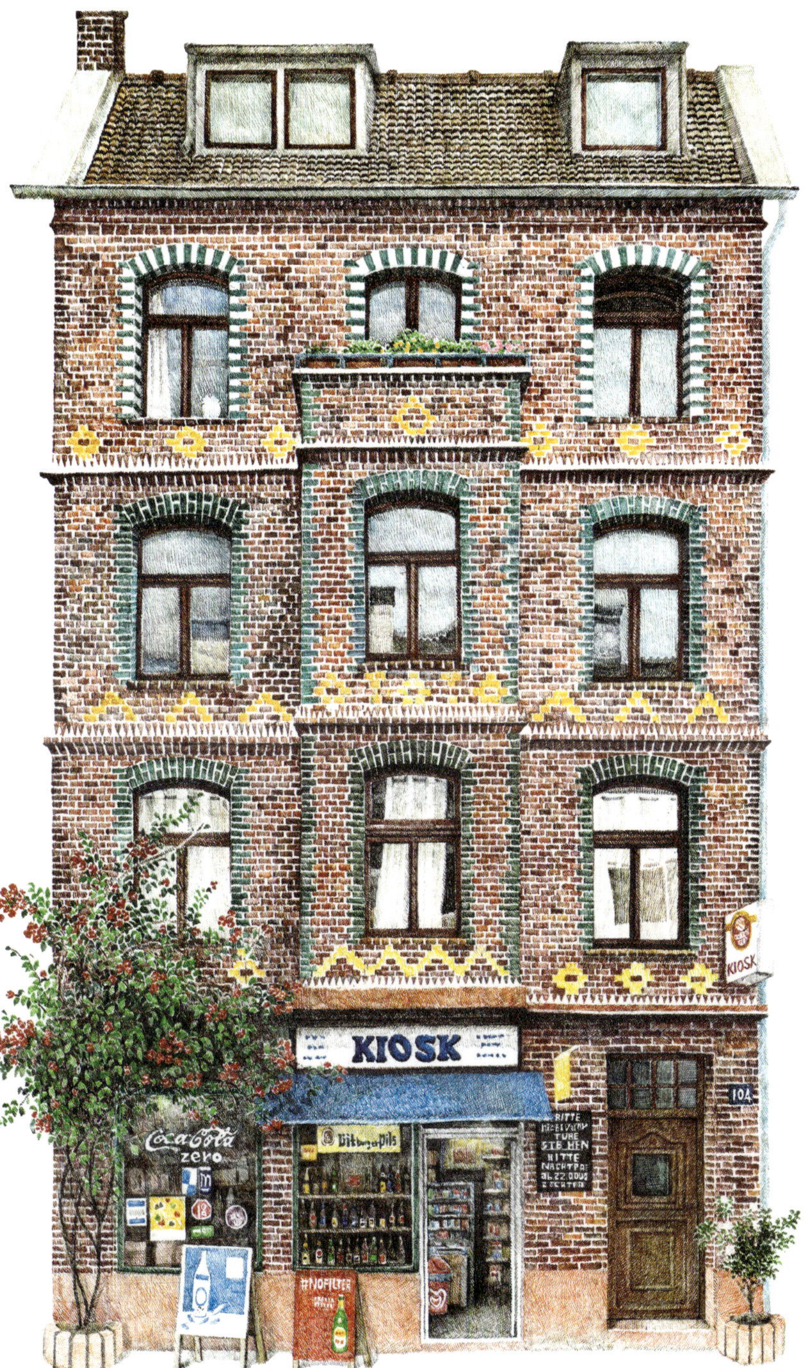
KIOSK
KIOSK
Coca-Cola zero
Bitburger Pils
#NOFILTER
BITTE
NICHT VOR DER
TÜRE STEHEN
BITTE
NACHTPAPP
AB 22.00 UHR
BENUTZEN
104

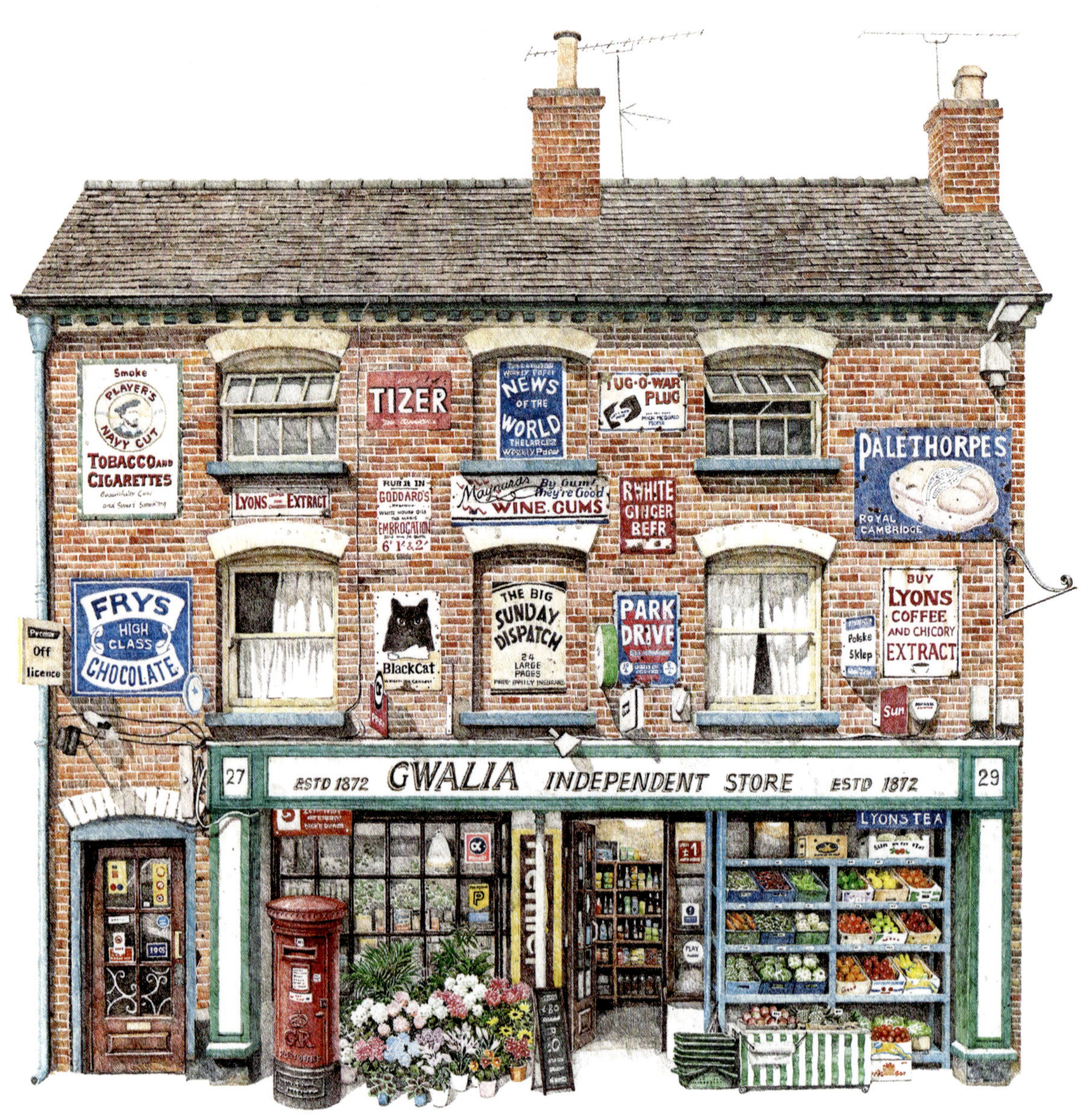

Smoke PLAYER'S NAVY CUT TOBACCO AND CIGARETTES
TIZER
NEWS OF THE WORLD
TUG-O-WAR PLUG
PALETHORPES ROYAL CAMBRIDGE
LYONS EXTRACT
GODDARD'S EMBROCATION
Maynards By Gum! they're Good WINE GUMS
R WHITE GINGER BEER
FRYS HIGH CLASS CHOCOLATE
Pyrene Off licence
BlackCat
THE BIG SUNDAY DISPATCH 24 LARGE PAGES
PARK DRIVE
BUY LYONS COFFEE AND CHICORY EXTRACT
Polske Sklep
Sun
27
ESTD 1872 GWALIA INDEPENDENT STORE ESTD 1872
29
LYONS TEA

로스 온 와이에 가면

놀랍게도 1872년부터 개인이 운영해 온 소매점이다. 연륜만큼이나 벽면에는 휘장 같은
로고 상표들로 가득하다. 오래된 성과 수도원 건물들을 둘러보며 안개가 짙은 웨이강 줄기를
따라 걷다 보면 마을의 광장이 나온다. 이곳에 아름답게 나이든 그왈리아 상점이 있다.

영국 그왈리아 상점 : 50×50cm : 2025

배낭여행

여행지에서 앞뒤로 커다란 배낭을 멘 여행자들을 보면, 자유로웠던 나의 젊은 날이
떠오른다. 대학 3학년 때 유럽 배낭여행을 갔다. 여행 자유화가 되고 얼마 안 되었을 때라
누구나 할 것 없이 해외여행을 꿈꿨다. 다섯 명의 친구와 함께 영국에 도착했지만 둘둘 짝을
이루고 나는 홀로 네덜란드로 가는 배에 올랐다. 그 시절 나는 참 용감했다. 미처 숙소를
구하지 못해 경찰서 앞에서 침낭을 펴고 노숙을 하기도, 기차역에서 잠을 청하기도, 지쳐서
몽마르트르 언덕 위 벤치에서 두툼한 여행 책자를 베개 삼아 낮잠을 자기도 했다. 숙소비를
아끼려고 그나마 안전한 밤 기차를 종종 이용했다. 사서 하는 고생이 싫지 않았다. 자유롭게
발길 닿는 대로 마음 가는 대로 그렇게 유럽 땅 곳곳을 두 발로 걸었다. 몸에 들고 다녀야
하는 짐을 최소한으로 줄이고 줄이면서도 제법 무게가 나가는 수동 카메라는 절대 포기할

수 없었다. 여행 내내 그 아름답고 감동적인 순간들을 혼자만 보아야 하는 게 너무 안타까워
챙겨간 필름 20통에 한 컷 한 컷 아껴 가며 담았다. 여행이 끝날 무렵, 가져간 옷과 슬리퍼는
해지고 닳았다. 돌아오는 공항 안 유리창에 비치는 새까맣게 그을린 얼굴과 좀 웃자란
생단발을 노란 고무줄로 동여맨 내 모습이 내심 맘에 들었다.

좌충우돌 나의 청춘은 뭐든 할 수 있을 것 같았고 하고 싶은 일도 많았다. 가난해도 무섭지
않고 혼자여도 외롭지 않았다. 그래, 그때부터였나 보다. 혼자 아무런 계획 없이 떠나는
느슨하고 헐거운 시간들 사이로 스미는 알 수 없는 외로움이 좋았다. 지금도 낯선 환경에
처할 때면 일상에서 잊고 있었던 또 다른 나를 만난다. 그렇게 힘을 얻고 다시 도전할 용기를
얻는다.

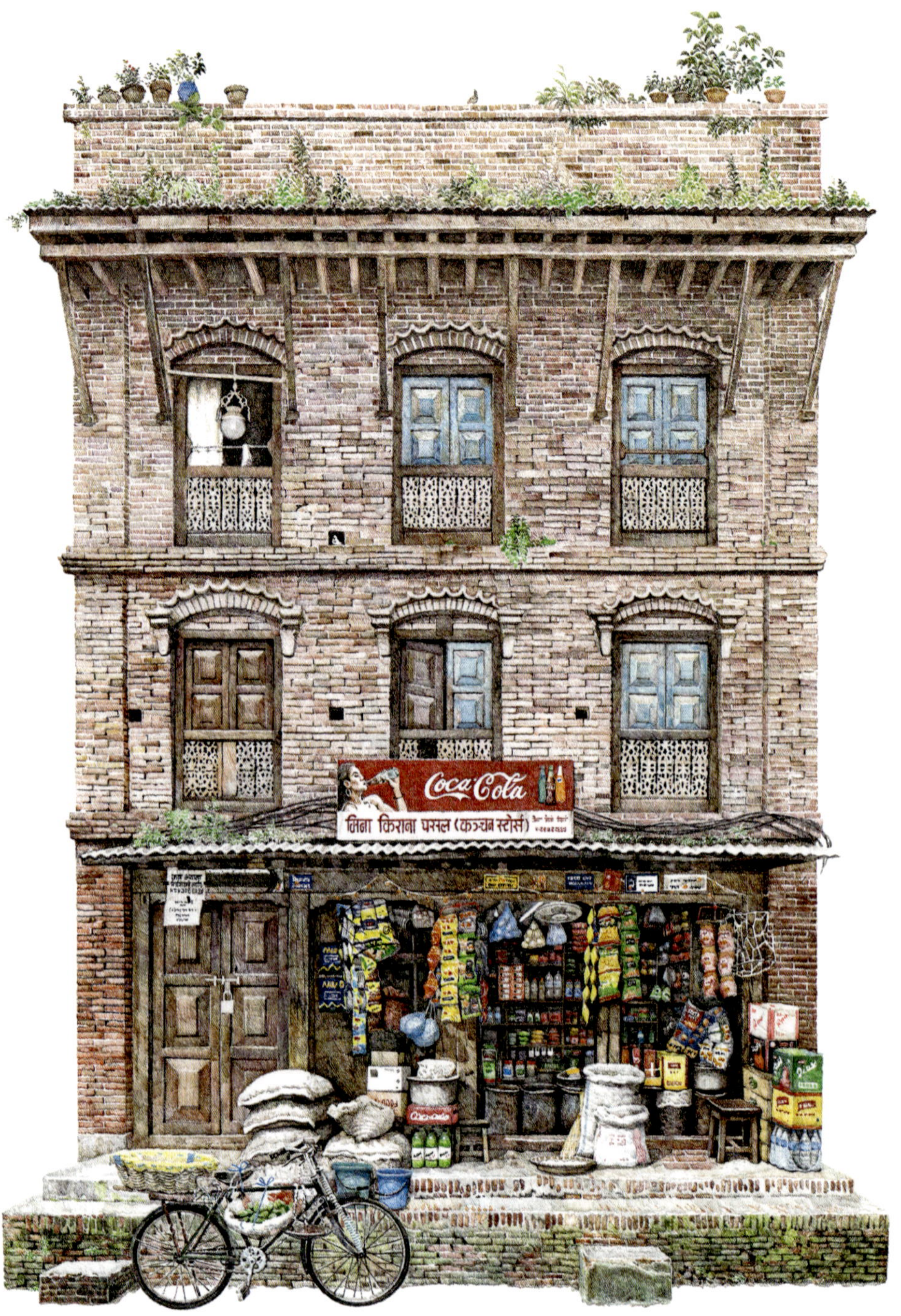
Coca-Cola
मिना किराना पसल (कञ्चन स्टोर्स)

발 디딘 곳 어디에나

네팔은 2015년 엄청난 대지진으로 큰 재해를 입었지만 극복하고자 하는 인간의 의지로
무너져 내린 건물들과 유적들은 대부분 다시 복구되었다. 카트만두 도심 곳곳에서 잔해
속에서 건져 올린 빛바랜 옛 벽돌과 새로 끼워 넣은 붉은 벽돌이 서로 위로하듯 조화를
이루며 그대로 다시 쌓아 올린 건물들을 흔히 볼 수 있었다. 박타푸르는 말라 왕조의
황금기를 이끌었던 고대 도시로 오래된 유적이나 건축물들이 특별히 보호되고 있는 곳이다.
발 디딘 골목마다 2백 년 이상 된 가게들이 즐비하다. 이곳은 거의 모든 가게가 대를 이어 그
자리를 지키고 있다. 한 지붕 아래 한두 평 남짓한 작은 가게 세 곳이 나란히 영업을 하기도
한다. 긴가민가해서 물어보니 주인이 다 다르단다. 우리도 예전 1960년대 벌이가 좋았던
점방은 마을의 큰길을 사이에 두고 서너 곳이 기본으로 있었다.

세월이 빚어낸 아름다운 건물들과 반짝이는 눈동자의 구릿빛 얼굴들 사이에서 바쁘게
돌아가는 도시의 일상은 노쇠한 자동차와 오토바이가 내뿜는 매캐한 연기와 경적 소리로
때론 숨이 막힌다.

어디나 삶은 치열하고 고단하다.

네팔 박타푸르에서 ： 40×60cm ： 2024

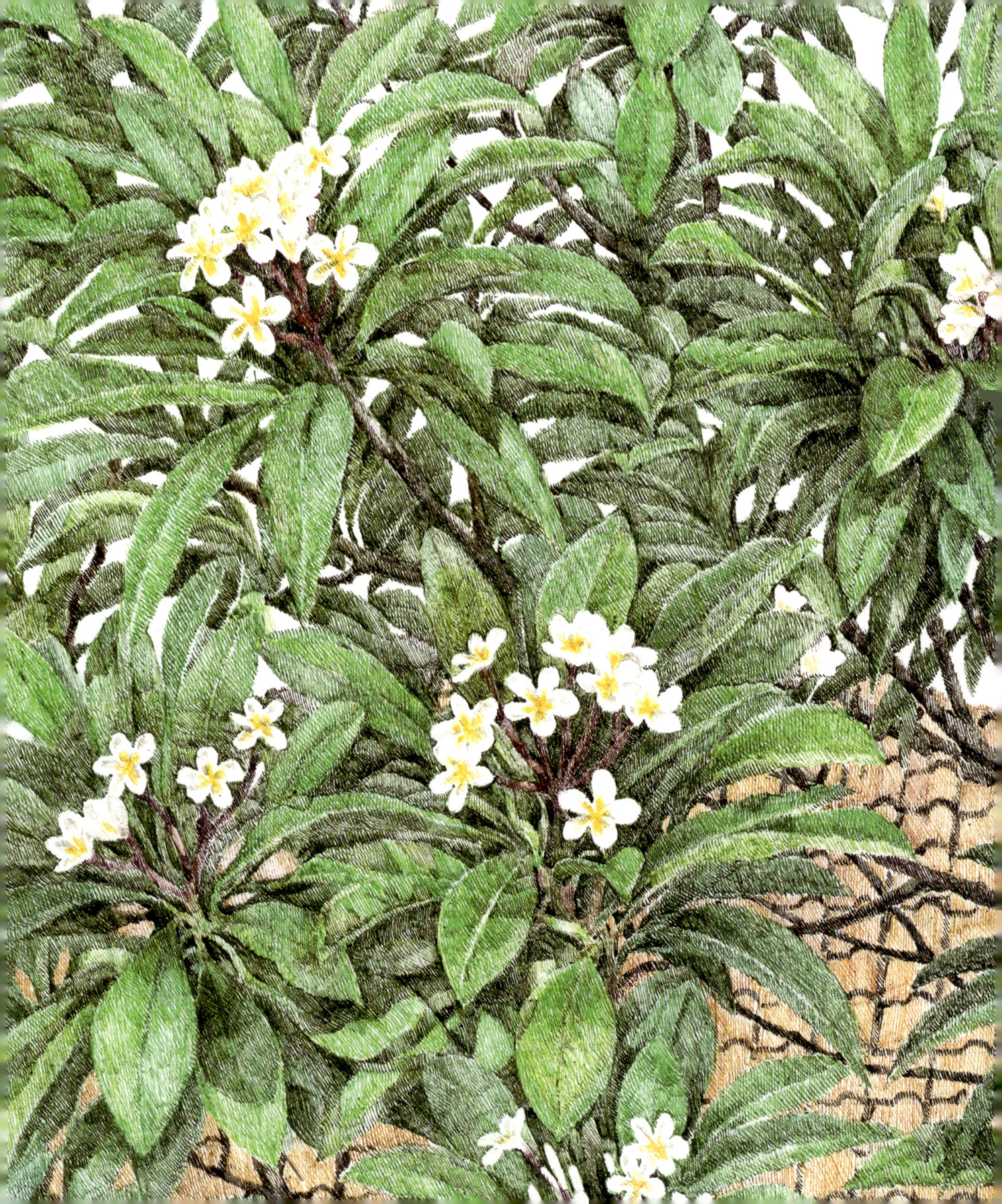

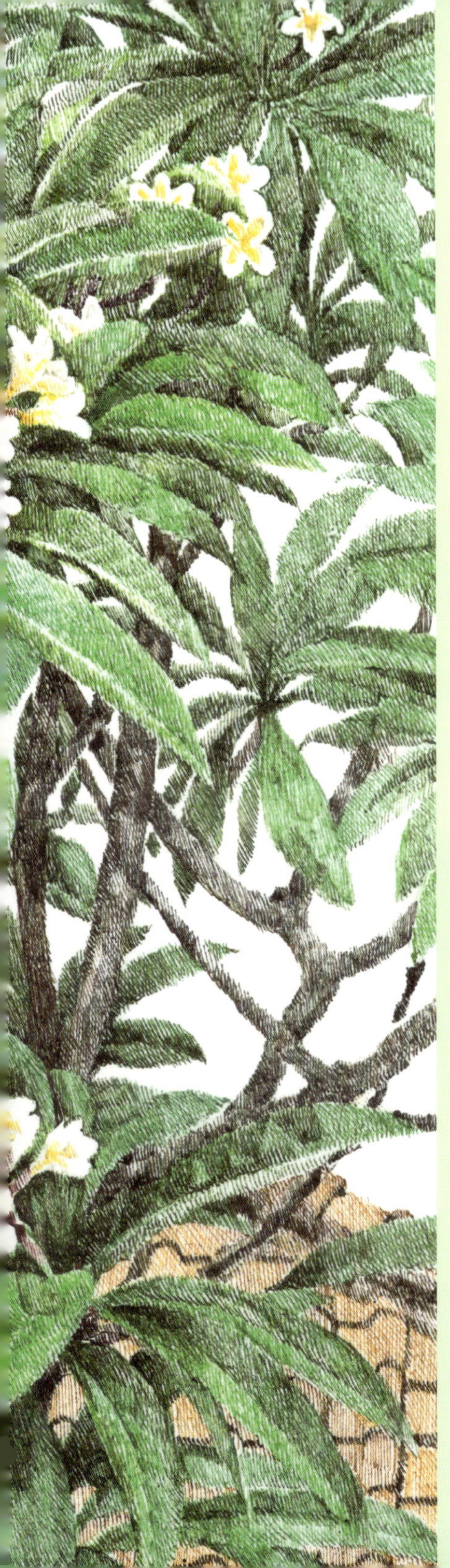

어디서나
그 자리를 지키고 선

나무 한 그루

어딜 가든 길가에 매일 피고 지는
흔한 이 꽃의 향기가
여행하는 내내
나를 따라다녔다.

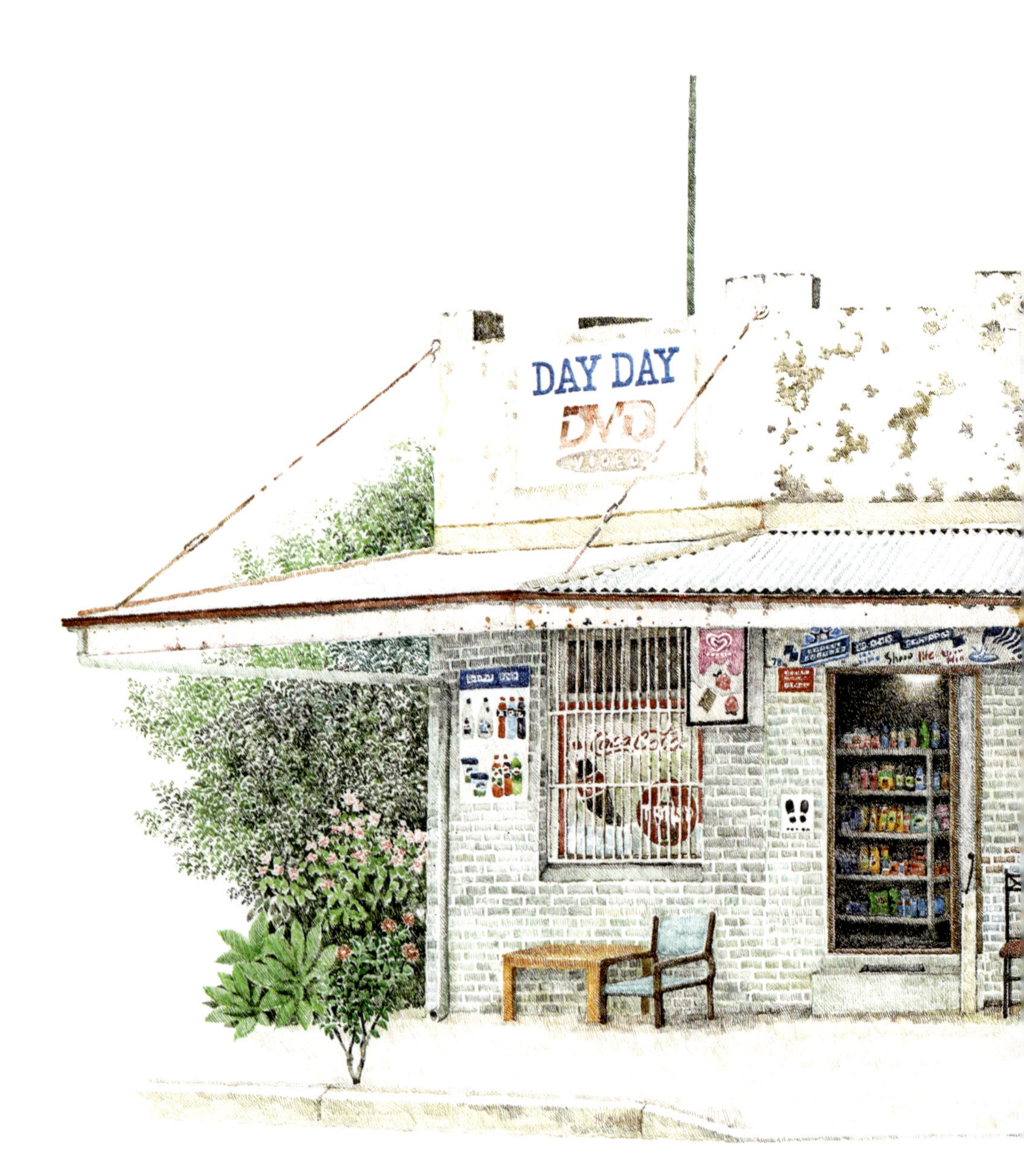

DAY DAY
DVD
VIDEO

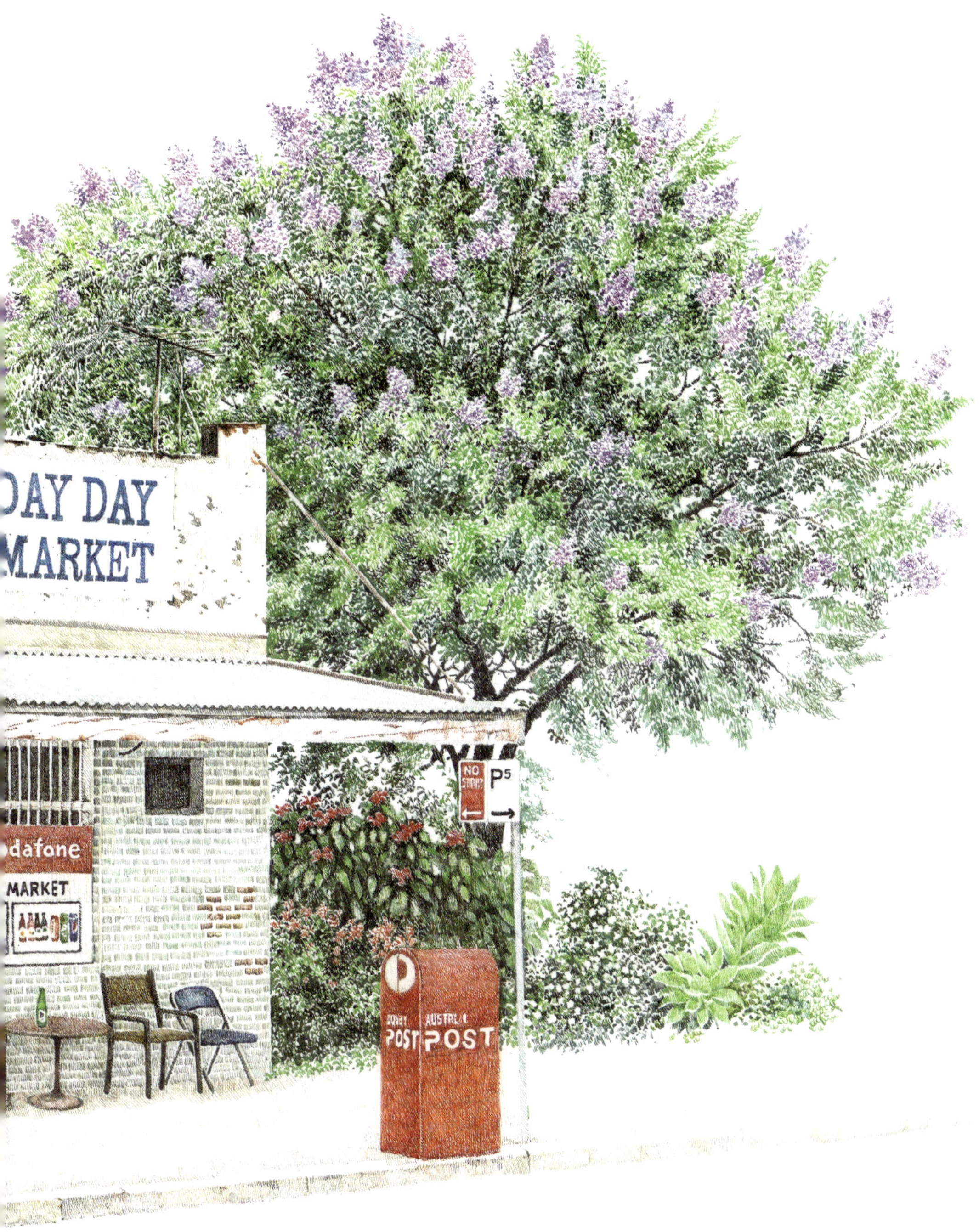

호주 데이데이마켓 : 55×35cm : 2024

자카란다 나무 아래

아름다운 자연과 다양한 이민자들이 어우러져 살아가는 시드니는 며칠 지내지 않고도 살던
곳처럼 친숙하고 편한 도시였다.

거리마다 다양한 편의점과 소형 구멍가게들을 만날 수 있었다. 울월스, 콜스 같은
대형마트가 있어도 프렌들리 그로서 같은 소형 슈퍼마켓 체인점이나 편의점convenience
store이라며 작은 간판을 내건 개인이 운영하는 소규모 가게들을 어렵지 않게 만날 수
있었다. 신선한 식품 재료와 다양한 생필품들을 판매하며 지역 주민에게 친숙한 장소였다.
일부러 찾아간 블랙타운의 메인 그로서리 마켓의 주인아저씨는 나에게 어디에서 왔냐고

물었다. 내가 한국에서 왔다고 하니 이 근처에도 한국인들이 많이 살고 있어 고추장, 라면
같은 여러 가지 한국 제품들을 판매하고 있다고 하셨다. 어디나 구멍가게 주인분들은
친절하시다. 파라마타역에서 30분 걸어가면 한적한 주택가에 한국에서 떠나오기 전부터 콕
점찍어 둔 데이데이마켓이 있다.

시드니가 겨울로 접어드는 6월, 먼 길을 달려와 데이데이마켓을 찾았다.
아! 자카란다 나무 아래 그 예쁜 가게가 문을 닫았다.

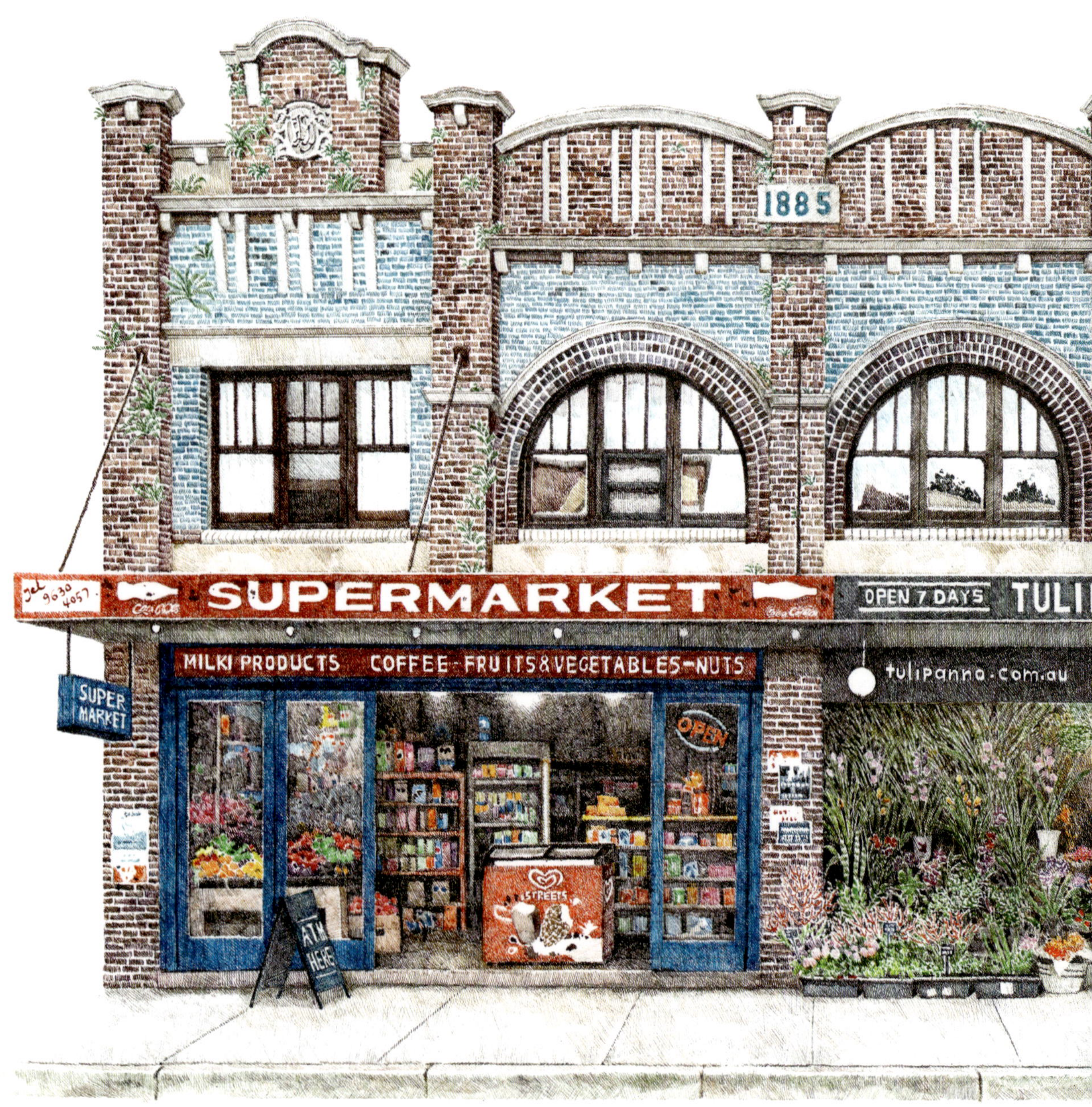
1885
SUPERMARKET
Tel 9030 4057
OPEN 7 DAYS
TULI
tulipanna.com.au
MILK PRODUCTS   COFFEE-FRUITS&VEGETABLES-NUTS
SUPER MARKET
OPEN
STREETS
ATM HERE

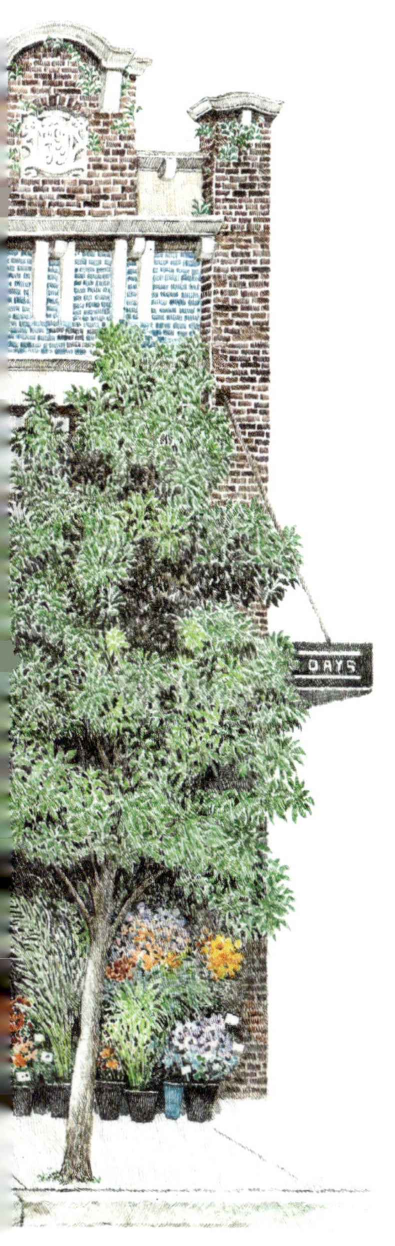

시드니 19세기 뉴타운에서

도심 곳곳에서 영국의 빅토리아풍이나 에드워디안풍 건축
양식의 오래된 건물들을 흔히 볼 수 있었다. 특히 뉴타운은
19세기 식민지 시대의 산업화와 근현대사를 보여 주는 살아
있는 역사책 같은 건물들을 잘 보존하고 있어 어딜 가든 무대
세트장에 있는 듯했다. 대부분 2~3층으로 지어진 건물 1층에
다양한 상점이 들어서 있고, 여행자가 특별한 경험을 하기에
충분히 매력적이었다. 이곳에 오기 전까지 시드니 하면 캥거루와
오페라하우스의 이미지를 떠올릴 뿐이었다. 그랬던 시드니에서
과거와 현재가 공존하는 도시의 풍경을 볼 줄이야! 그들은
오래된 건물을 부수고 새로 짓는 것보다 잘 보존하고 활용하는
것이 문화와 역사적인 가치를 지킬뿐만 아니라 환경 측면에서도
더 지속 가능하다고 여기고 있었다. 내심 너무 부러웠다. 건물
벽면에는 '1885'와 같은 숫자들이 적혀 있는데 대부분 건물이
지어졌거나 완공된 해를 가리키는 것으로 건물의 역사적 배경을
알 수 있었다. 19세기와 20세기 초에는 사람들이 자기 건물에
자부심을 가지고 있어 연도를 새겨 넣었다고 한다.

다음에 꼭 가고 싶은 지구의 배꼽 울루루, 호주의 원주민
애버리지니 예술, 아름다운 산호초 군락지인 그레이트 배리어
리프 보존 등 친구가 살고 있는 호주는 이제 내 관심의 영역이
되었다.

호주 슈퍼마켓 ： 41×32cm ： 2025

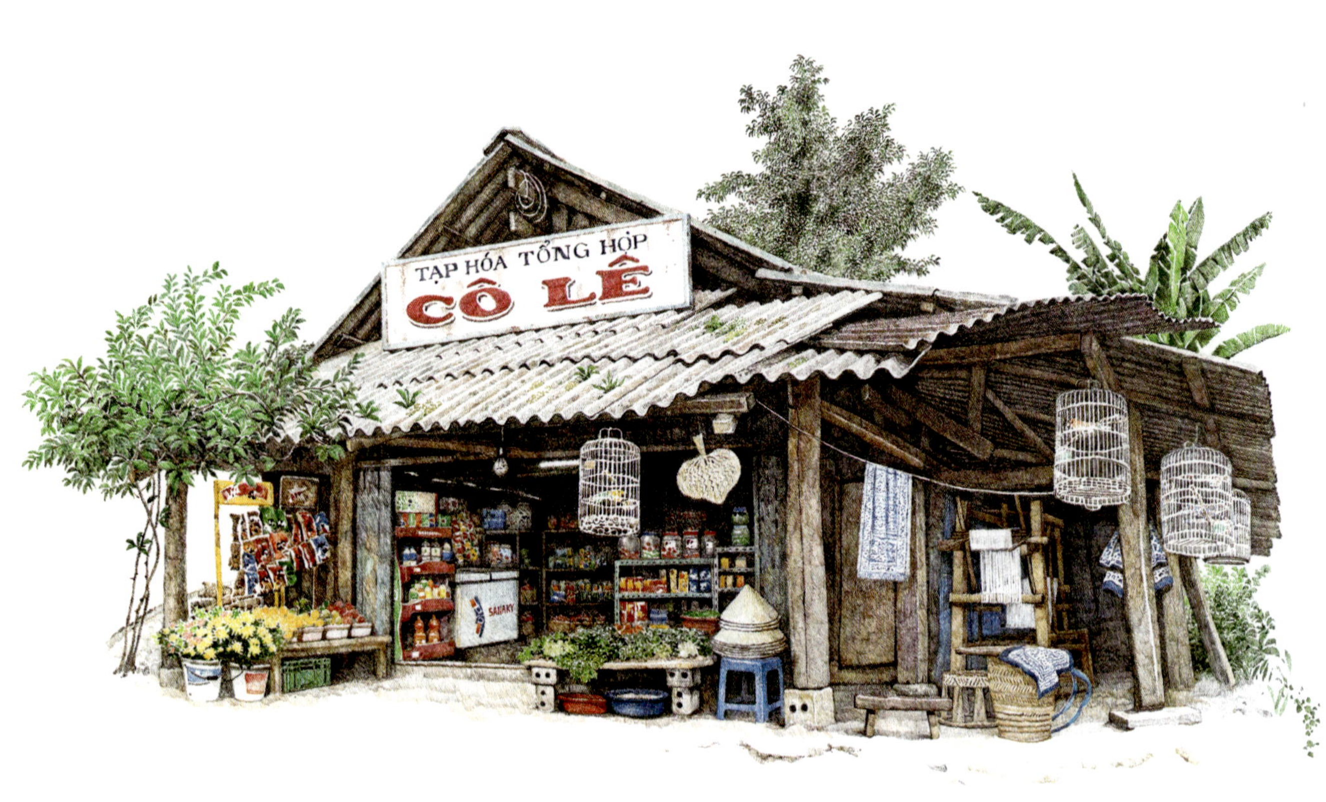

TẠP HÓA TỔNG HỢP
CÔ LÊ

구불구불 고랑, 고랑

사파는 베트남 북부 라오까이성에 위치한 고산 지역이다. 베트남의 알프스나 샹그릴라라고
불릴 만큼 자연이 깊고 아름다운 곳으로 안개가 자주 끼고, 선선하다 못해 쌀쌀하다.

높이 솟은 판시판 산 아랫마을을 걷다 보면 산기슭 따라 유선형의 나이테같이 감싸 도는
촘촘한 계단식 논이 층층이 리듬을 타며 그림같이 펼쳐져 있다.

질퍽한 논두렁을 미끄러지면서 걷다 보면 어느새 동행이 하나둘 늘어나고 발이 닿는
마을마다 다양한 소수민족을 만난다. 깟깟 마을 가게에서 흐몽족 아주머니가 직접 짠 인디고
색의 직물로 만든 작은 가방 하나를 샀다.

평생을 산비탈에 의지해 살아야 하는 삶이 한숨으로 눈물로 옹이 박힌 설움으로
끝없이 펼쳐진 다랭이논에 고랑, 고랑 쌓였다.

베트남 꼴레 잡화점 ⋮ 55×35cm ⋮ 2024

올드타운

호이안을 생각하면 고요한 강변과 고즈넉한 골목의 오래된 건물들, 오색의 화려한 등불이
떠오른다. 2009년 베트남 북부에서부터 시작해 하노이와 중부의 호이안에 머물다 남부로
내려와 호찌민과 메콩강 삼각주까지 여행을 다녀왔다.

지금은 다낭의 길다란 해안가를 따라서 호텔과 높은 고층 건물들이 들어서 있지만 그때는
한적한 해변에 빌라 같은 단층 숙소들이 드문드문 있었고 한창 개발이 진행 중이었다.
다낭에서 자동차로 30분쯤 떨어진 호이안은 지금처럼 알려진 관광지가 아니어서 유럽에서
온 여행객이 간간이 보일 뿐 호젓하게 이 도시의 정취를 느낄 수 있었다. 한때 번성했던
과거를 간직한 고대 항구도시로 전통 상업도시에 일본, 중국, 포르투갈의 다양한 문화가
어우러진 건축양식이 잘 보존되어 있었다. 무역이 번창하며 상인들이 많이 거주했던 시기에
노란색을 부유함과 행운, 권력의 상징으로 여기는 중국의 영향으로 상인의 집은 상업적
번영을 기원하며 대부분 노란색으로 칠했단다. 한낮에 반질반질한 돌길을 걷다 보면 노랗게
칠한 벽에 연두빛 습기를 머금은 집들 사이로 지나가는 씨클로가 눈에 띈다. 작은 나룻배
위에서 투본강으로 능숙하게 그물을 던지는 어부의 모습에 감탄하며 시원한 강바람에
떠다닌다. 어느새 조금씩 기우는 해가 마지막 붉은 숨을 내쉬면 저만치 강 위로 하나둘
색색의 등불이 물 위를 수놓기 시작한다. 호이안은 매월 보름 행운과 평화를 기원하는
등불축제가 열린다. 나도 강물에 작은 등불을 흘려보내며 마음에 소원 하나를 빌었다.

이곳을 스쳐가는 모든 사람이 행복하기를 바라는 마음으로 푸옥짜우의 등불이 은은히
빛난다.

베트남 푸옥짜우 ┆ 32×41cm ┆ 2025

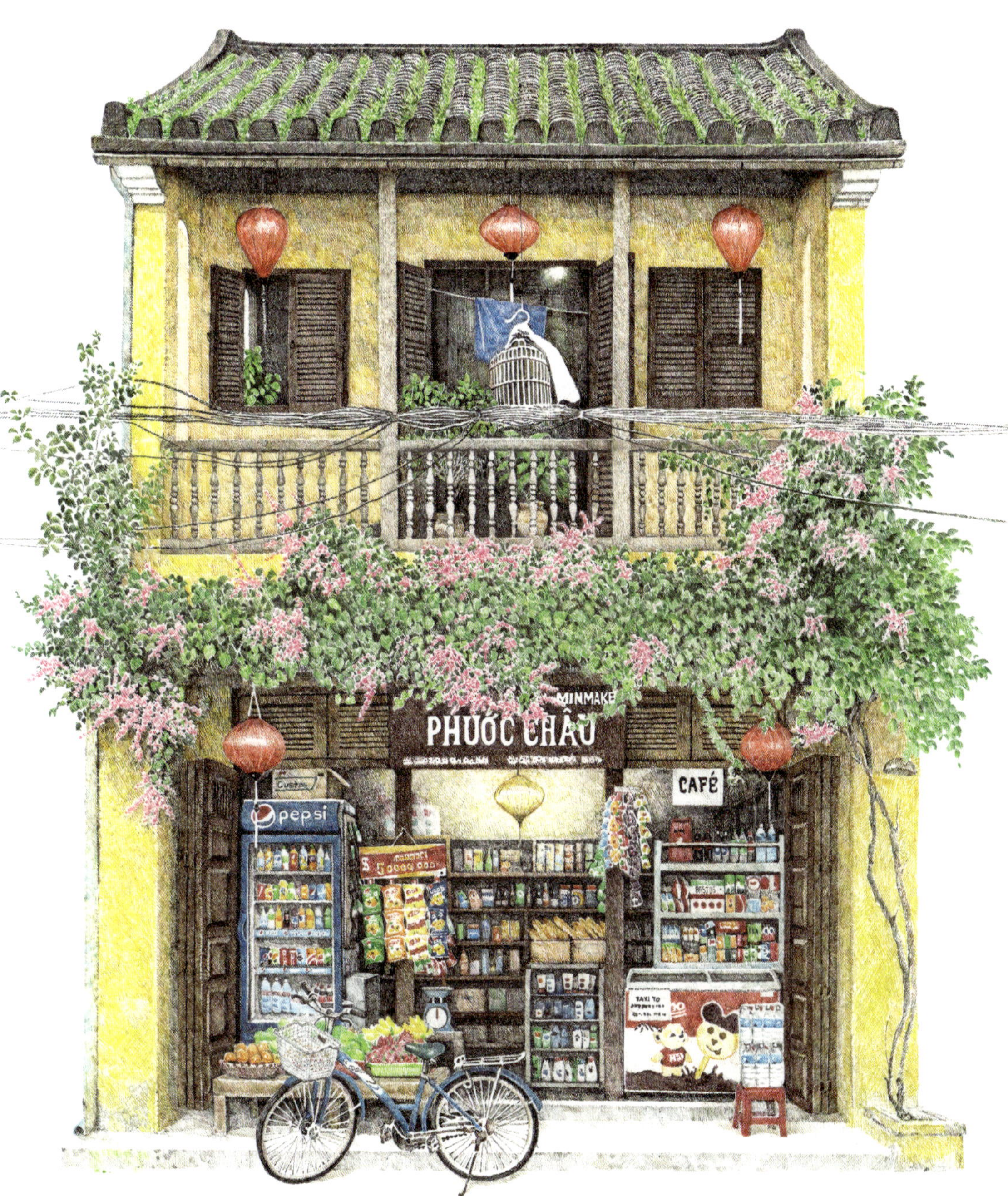
MINMAKE
PHƯỚC CHÂU
CAFÉ
Pepsi

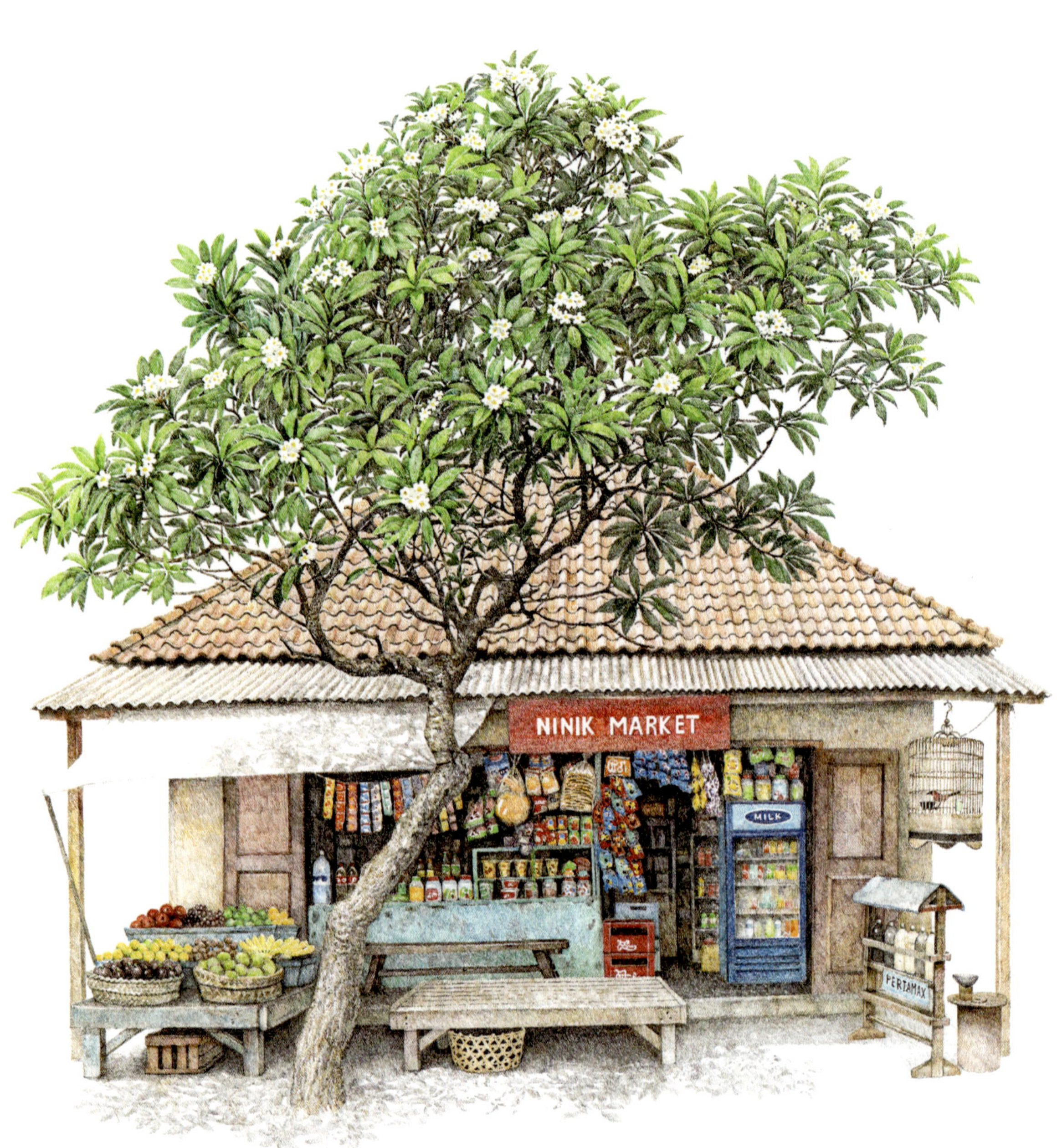

NINIK MARKET
MILK
PERTAMAX

너를 만난 건 행운이었어!

발리에 도착하니 환영한다며 목에 걸어 준 꽃목걸이에서 진한 향기가 퍼진다.
예쁘고 향기로운 꽃은 발리의 국화 캄보자 꽃이다. 무더운 날씨에 이런저런 냄새들이
날 법한데 어딜 가든 길가에 매일 피고 지는 흔한 이 꽃의 향기가 여행하는 내내 나를
따라다녔다.

우붓 니닉마켓 앞에도 언제나 향기로운 꽃을 피우는 캄보자 꽃나무가 있다.
꽃말은, '당신을 만난 건 행운이에요!'

인도네시아 니닉마켓 ┊ 50×50cm ┊ 2025

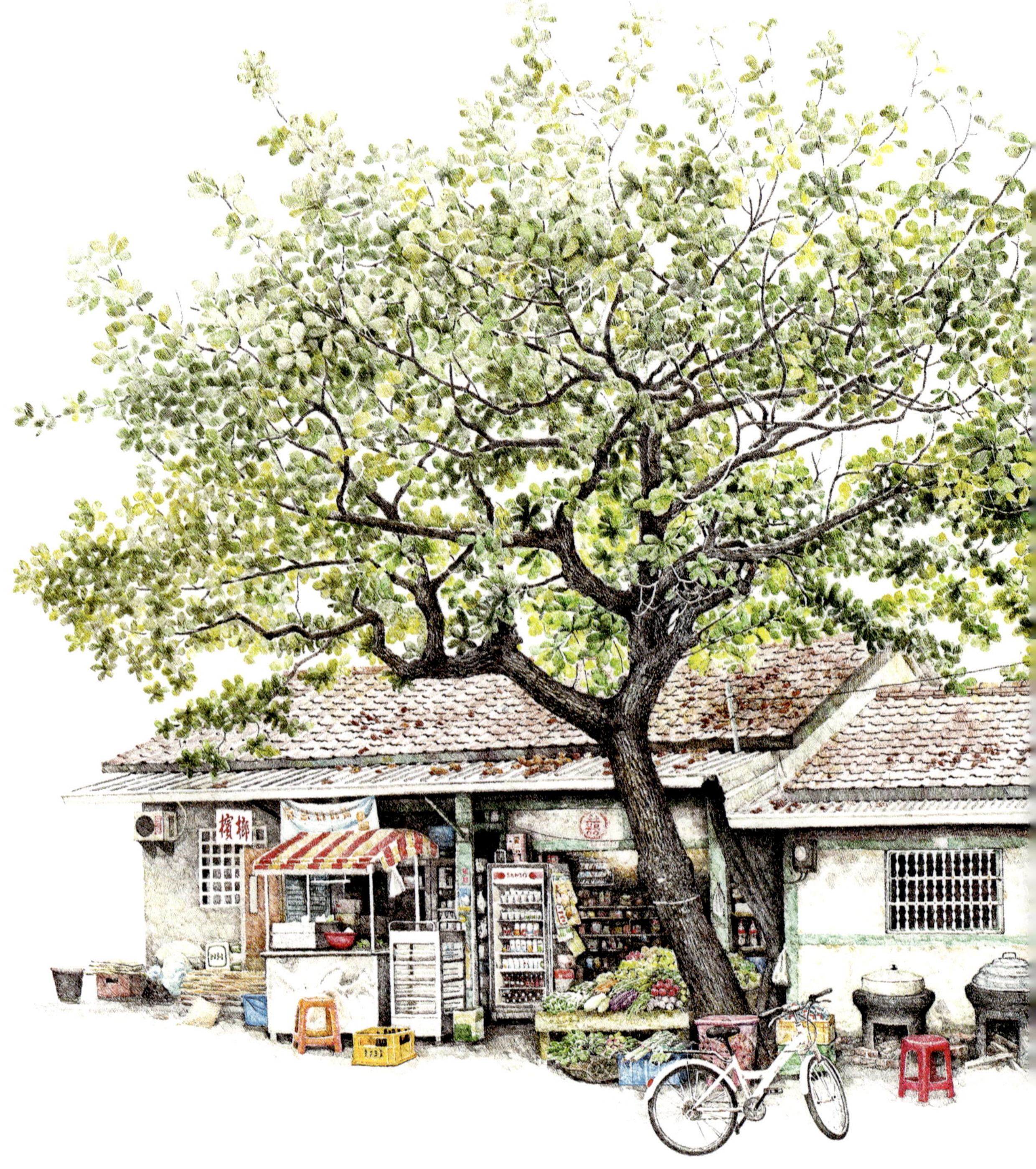

檳榔

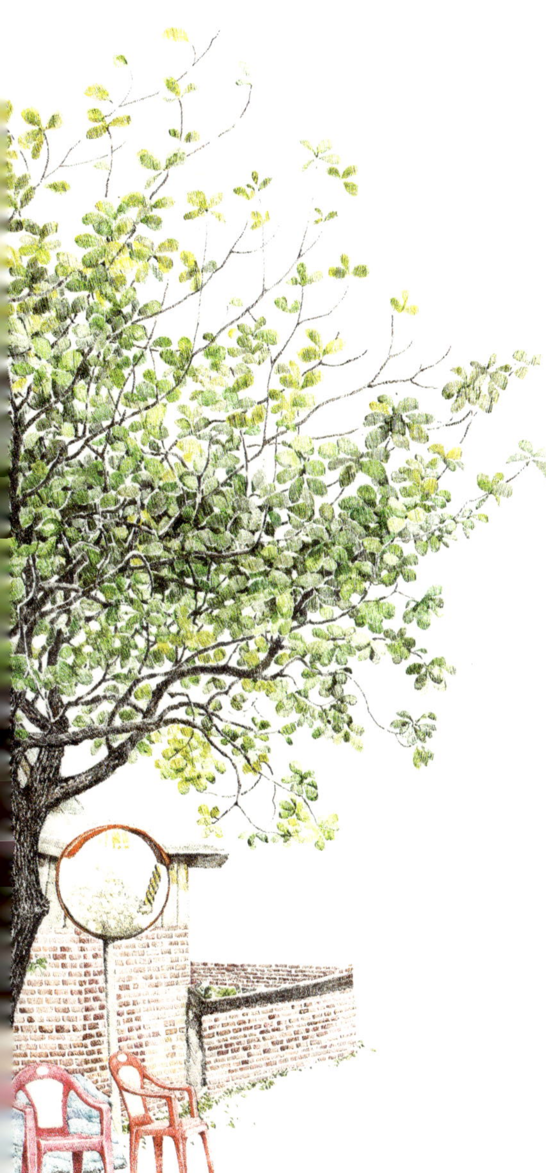

새벽을 여는 가게

대만 남부 타이난시 원주민 부락에는 시라야족西拉雅族
할머니가 운영하는 '그루터기'라고 불리는 오래된 가게가
있다. 가게 앞 커다란 잎사귀의 인디언 아몬드 나무는
풍성하게 그늘을 담고 모두 시원하게 쉴 만큼 품이 넓다.
지역의 특색을 고스란히 지닌 이곳은 이른 새벽부터 가마에
불을 피워 대만 전통 아침 식사를 판다. 식사 시간이 지나면
그때부터 물건을 파는 정겨운 잡화점의 시간이 된다.

오고 가는 사람들이 편히 머물다 가는 곳,
이곳은 마을의 그루터기다.

대만 그루터기 가게 ： 73×60cm ： 2018

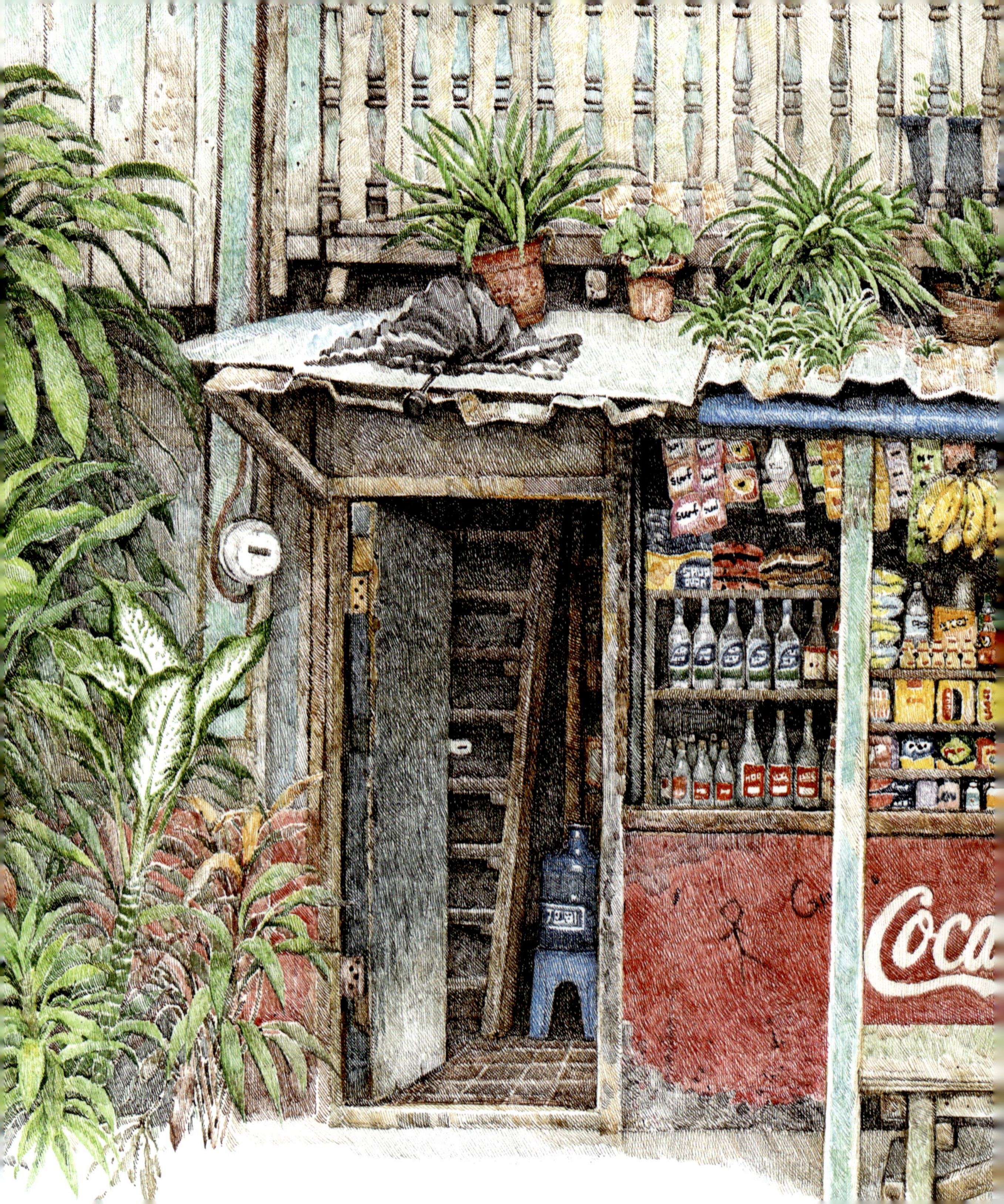

surf
surf
Coca

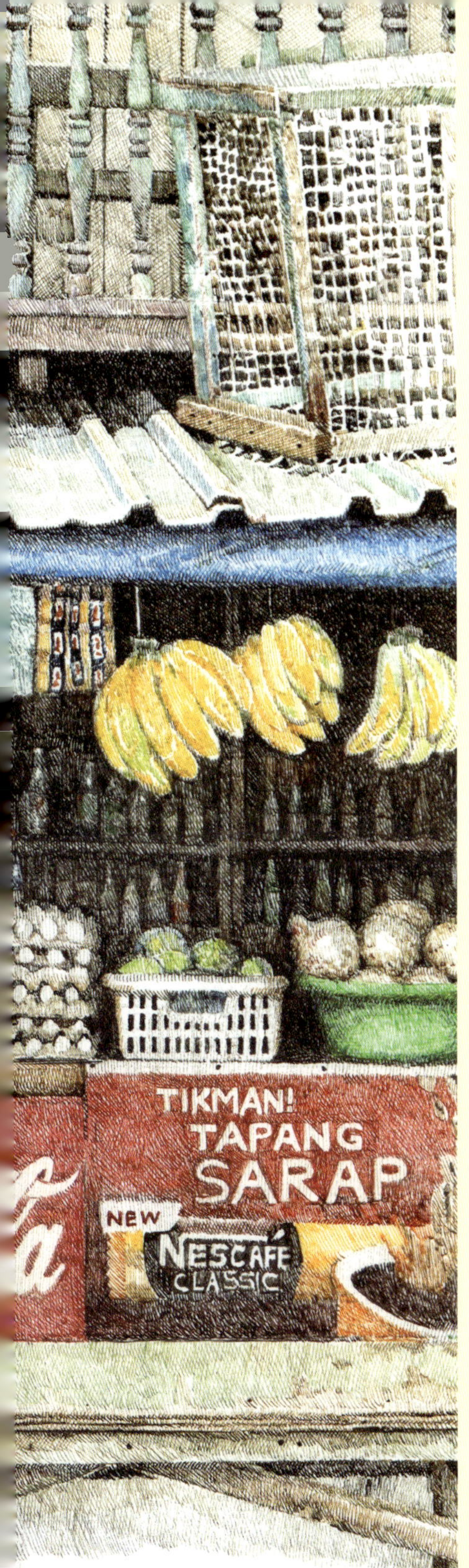

구멍가게,

여행자의 쉼터

두 발짝 다가가

손을 뻗으면 닿을 거리

서로의 얼굴을

바라볼 수 있는 거리

이름을 부르면 돌아볼 거리

가까워 상처받거나

너무 떨어져 소원해지지 않을 거리

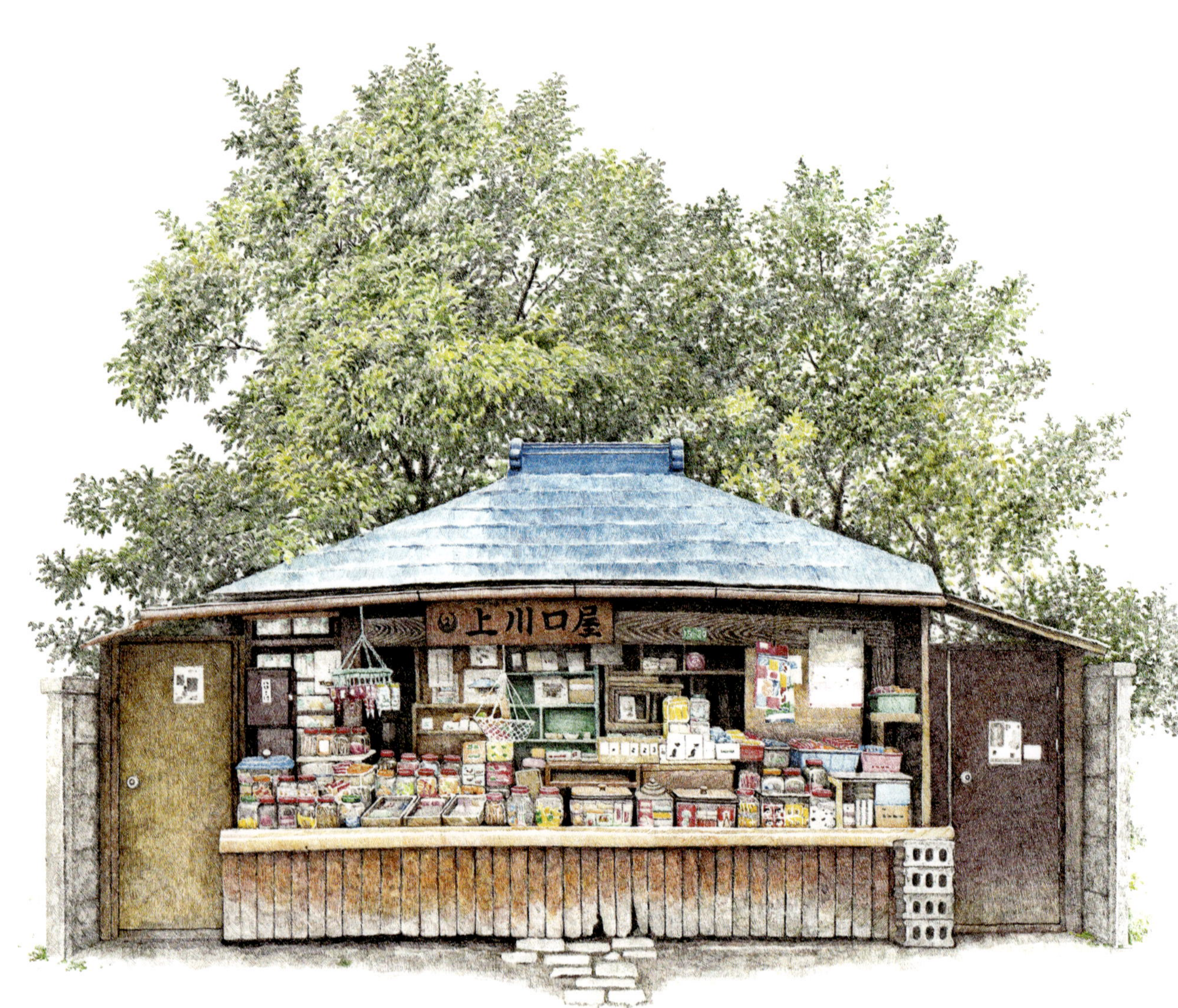

上川口屋

잘 지내셨어요? 마사오 할머니

엄마와 나는 시미즈 치사코 씨와 함께 도쿄 근교 키시진보마에역鬼子母神前駅에서 내려 커다란
느티나무들로 둘러싸인 전설 같은 가미카와구치야上川口屋 가게를 찾아갔다.
처음에 작은 가판대처럼 보이는 이 가게의 장구한 역사를 듣고 놀랐다.

에도시대 1781년부터 13대째 가업으로 과자가게를 운영해 오고 있는 마사오 할머니는
1940년생으로 11살에 일을 시작해서 지금까지 75년 동안 매일 같은 시간에 문을 여닫고
계신다. 오랜 시간 꿋꿋이 버티며 일상의 역사를 지켜 온 구멍가게를 찾아다녔는데
가미카와구치야가 바로 그런 곳이었다.

<동전 하나로도 행복했던 구멍가게의 날들クモンカゲ 韓国の小さなよろず屋>을 2018년 일본어판으로
출간하면서 이곳을 그려 넣었다. 진보초의 책거리 책방에서 북토크를 하기 위해 도쿄에
갔을 때 마사오 할머니를 뵙고 책과 함께 그림도 보여드렸다.
유년의 기억이 가득한 공간에서 조부모님에게서 부모님으로 다시 나에게로 이어진 가업이
앞으로도 지켜질 것이란 믿음이 있다는 건 얼마나 멋지고 부러운 일인가!
가게 앞에서 웃고 있는 소녀 마사오의 얼굴을 떠올려 본다. 긴 세월 자부심, 긍지, 신념으로
가업을 이어온 가미카와구치야는 우리에게 감동스런 선물이다.

오늘도 마사오 할머니는 가게 문을 열었습니다.

낯선 길 익숙한 시선

일본 교토, 중국의 봉황고성, 서강천호묘채, 리장의 천년고도들이 앞다투어 비슷한 모습의
관광지가 되었다. 천하비경보다는 고즈넉함을 내세우기는 하지만 그 도시의 진면목을
보려면 조금 떨어진 외곽으로 찾아가야 한다. 교토의 다카세 강변을 따라 걷다가 목포에서
보았던 것과 비슷한 이층 구조로 되어 있는 작은 가게를 만났다.

일본 오래된 점방 : 40×31cm : 2018

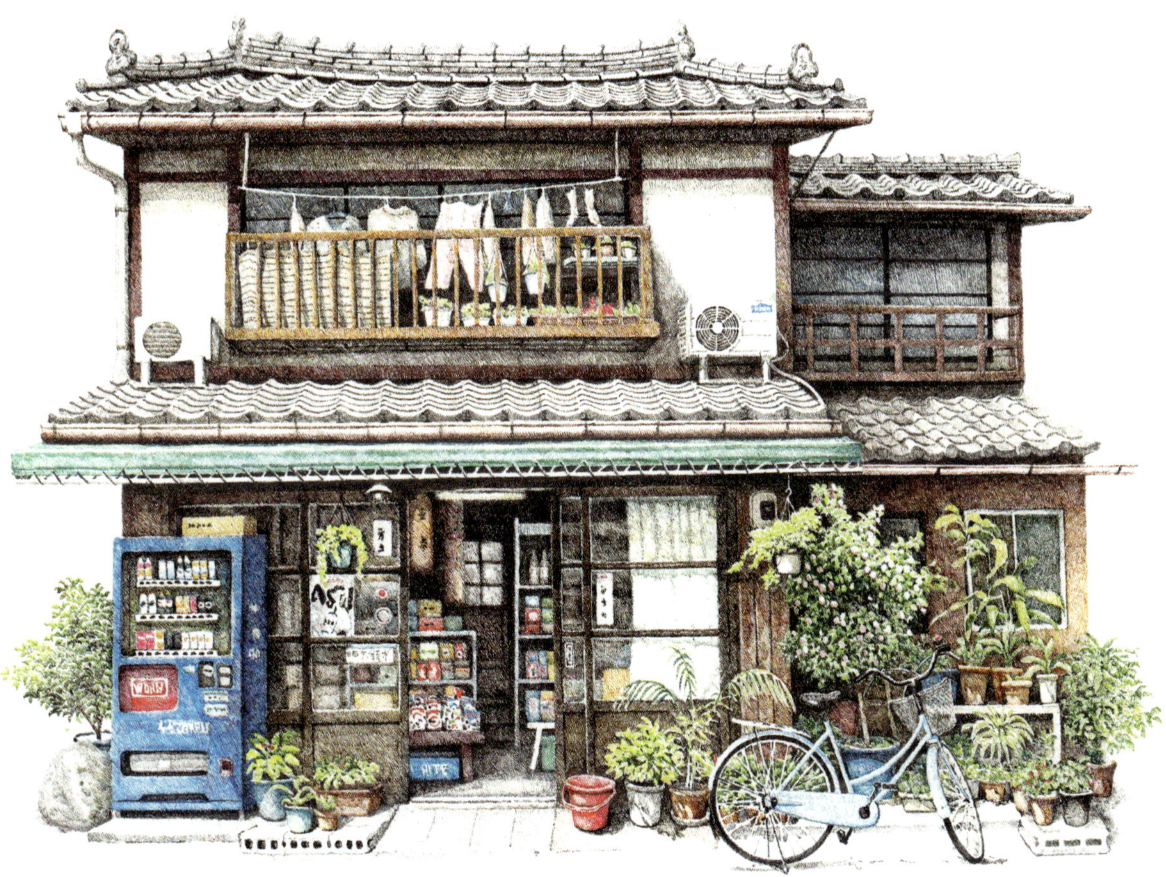

물 자판기

막탄 골목길 가게 앞에 처음 보는 자판기가 있다. 가져간 물병이나 작은 비닐봉지를 대고
동전을 넣으면 미지근한 물이 나온다. 더운 나라라서 그런지 커피 자판기 대신 물 자판기를
흔히 볼 수 있었다. 여행하는 동안에 자주 비가 오다 그쳤는데 한차례 쏟아지면 수시로
도로가 잠기고 때로는 전기도 끊겼다. 냉장고가 없는 집이 많아 음식을 장시간 보관하기
어렵단다. 주민 대부분 자전거나 오토바이로 이동하기 때문에 도심의 대형마트를 가기보다
집 앞 구멍가게에서 샴푸, 비누, 세제 같은 생필품을 일회용으로 구입해서 쓴다고 한다.
골목마다 양철지붕의 가게들이 서너 집 건너 하나씩 들어서 있고 가게 앞엔 알록달록 포장된
상품들이 줄줄이 사탕처럼 매달려 있다.

그곳에선 구멍가게가 삶의 현장이고 생계의 터전이었다.

필리핀 골목 가게 : 45×53cm : 2024

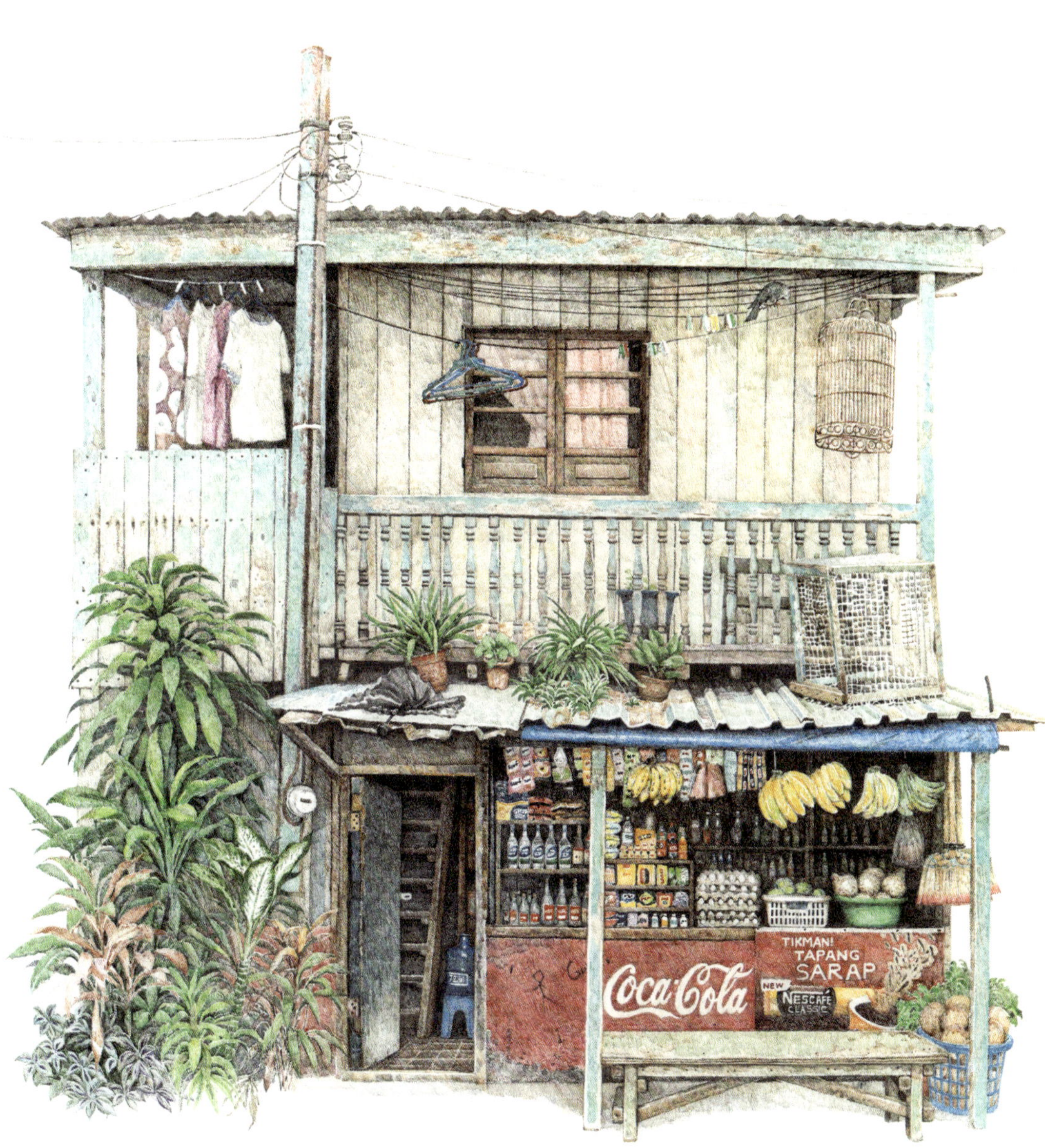
Coca-Cola
TIKMAN!
TAPANG
SARAP
NEW
NESCAFÉ
CLASSIC

미리사의 꿈

스리랑카는 '인도양의 진주'라고 할 만큼 자연이 아름답고 풍요롭다. 다른 한편으로는 '인도의 눈물'이라고 불리는 아픈 역사가 있다.

스리랑카 북부의 시기리야는 5세기 후반 왕좌의 애환이 깃든 바위 요새로 세계 8대 불가사의 중 하나로 손꼽히는 곳이다. 거대한 사자 바위산을 아슬아슬하게 올랐다 내려온 후 중부도시 캔디에서 분홍빛 벽과 붉은 기와지붕으로 된 불교사원 불치사Sri Dalada Maligawa에 들렸다. 사원 내부 화려한 금은보석으로 만든 사리함엔 부처님의 치아사리가 봉안되어 있다. 부처님의 치아사리를 왕권의 상징으로 여기는 스리랑카에서 불치사는 정치적, 종교적으로 중요한 장소다. 사원을 둘러본 후 라자피힐라 언덕에 올라 내려다본 도시의 야경은 아름답다 못해 신비롭다. 가까이 들려오는 청년들의 웃음소리에 피로를 털어낸 듯 몸이 가벼워졌다.

다음날 해발 1700미터 누와라엘리야에서 현지인의 집에 들렸다. 부엌이 딸린 작은방 하나에 다섯 식구가 살고 있었다. 스리랑카를 다녀온 뒤, 2022년에 스리랑카가 심각한 외환위기를 겪으며 경제가 더 어려워졌다고 들었다. 지금은 점차 회복되고 있다고는 하지만 대부분의 시민은 여전히 형편이 어려울 듯하다.

하푸탈레역 부근 담베테네 마을에서 시작해서 립톤 시트 전망대까지 아름답게 펼쳐진 차밭 사이 굽이굽이 이어진 7킬로미터의 립톤 로드를 걸으며 쉼 없이 찻잎을 따는 아낙네들과

찻잎을 나르는 남자들을 보았다. 립톤 시트에서 엘라를 지나 마지막 여행지인 미리사 해변으로
왔다. 스리랑카 남부 해안의 아름다운 마을 미리사는 20년 전 인도양 전역을 휩쓴
거대한 쓰나미로 큰 재해를 입었던 곳이다. 겉으로는 온전히 복구되어 있는 듯하지만 그
아픈 상처는 여전히 주민들에게 남아 있었다.

파도가 잠잠할 때는 수영하기에 더없이 포근했다. 숙소 바로 앞에 스리랑카의 전형적인 크고
당당해 보이는 모습의 가게가 있다. 햇살을 머금은 가게는 나른하고 따스했다. 열대 과일과
생필품, 잡화들이 품목별로 잘 나뉘어 진열된 가게 안에 들어서자 주인 부부와 딸,
온 식구가 환대하며 손님을 맞는다. 가족 모두 친절하고 온정이 넘쳤다. 우리말을
띄엄띄엄하실 줄 아는 아저씨는 큰아들이 한국에서 일을 하고 있다고 자랑스럽게 소개했다.
이런저런 이야기로 한참을 머물다 망고와 파파야를 몇 개 사 들고 숙소로 돌아왔다.
저녁을 먹기 위해 밖으로 나와 찾은 골목길 음식점 주인은 나를 무척 반기며 서울에서 번 돈으로
이 음식점을 차렸다며 식사를 대접했다. 스리랑카 사람들은 살림살이가 녹록지 않아 보여도
따뜻한 인심은 넉넉했다.

느리게 달리는 기차에 몸을 싣고 끝없이 펼쳐진 차밭의 풍경을 바라보자니 숙명처럼 찻잎을
따고 있는 타밀족 아낙네들의 애환이 눈물을 머금은 바람처럼 스친다.

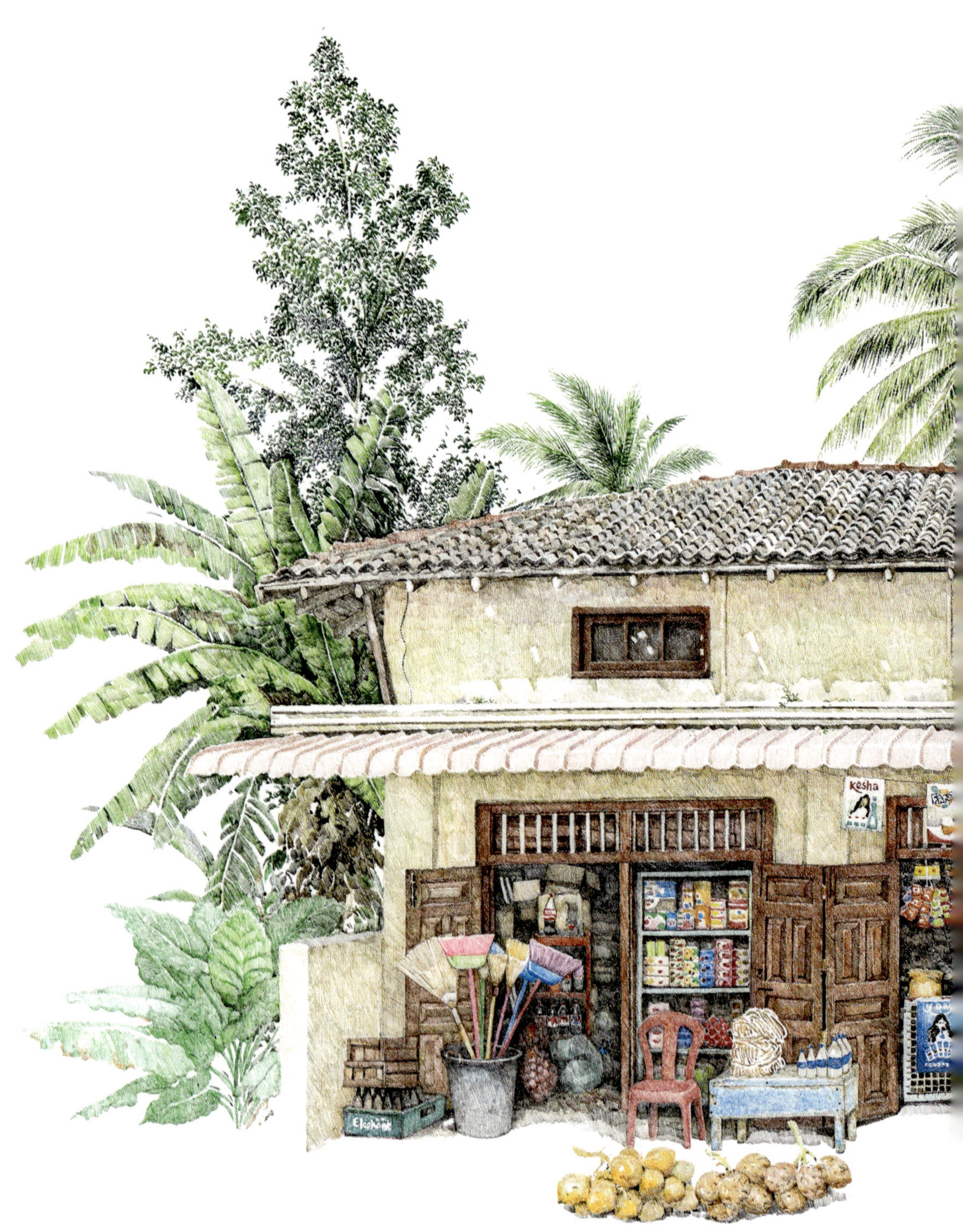

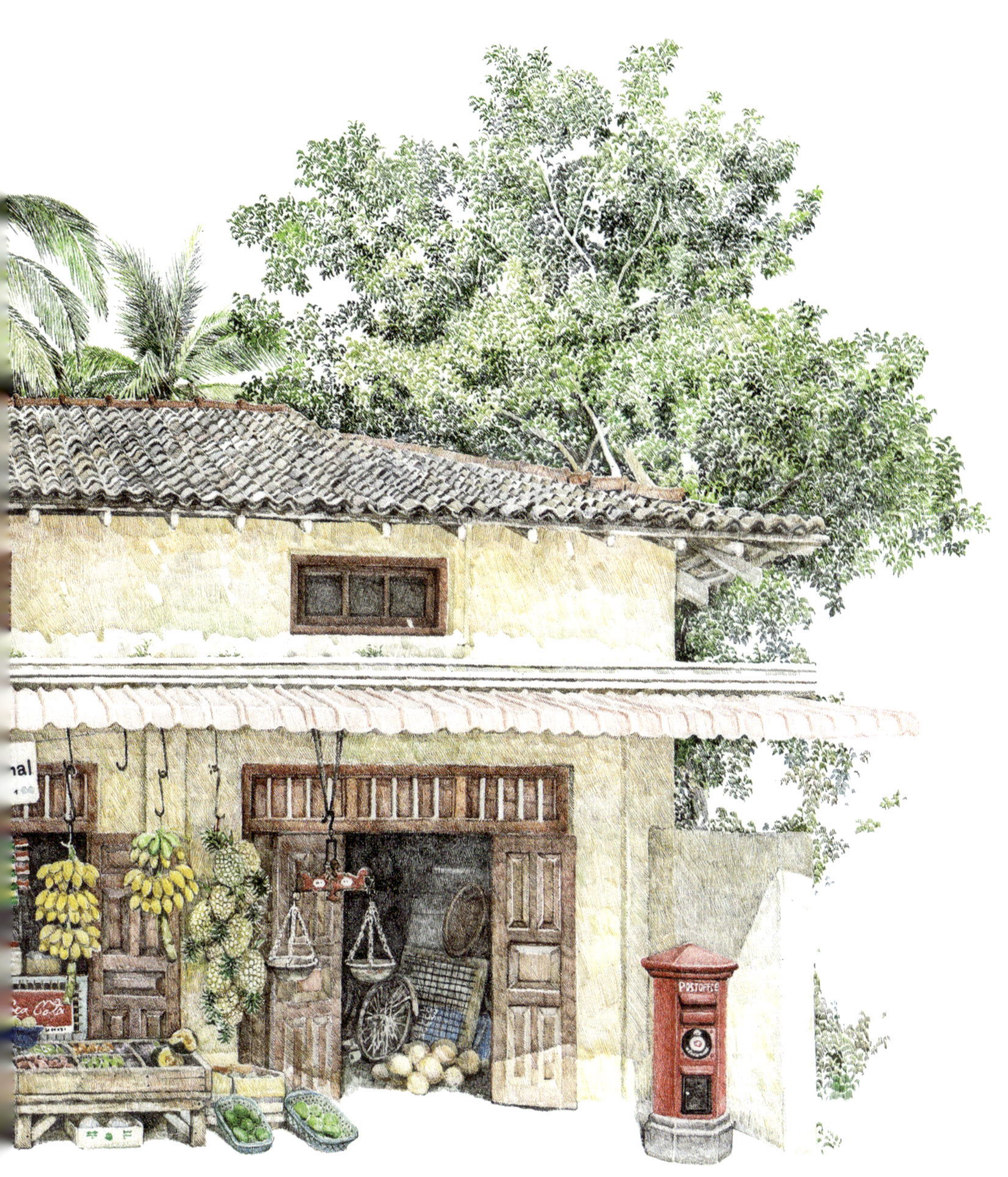

스리랑카 마을가게 : 73×50cm : 2024

초원에서

솜cym은 초원의 바람에 뿌리를 내린 작은 마을을 일컫는다. 하루에 한두 번 들르는 솜에는 대부분 몇 채의 집들과 하나의 학교, 두 개의 카페와 가게가 있다. 이곳에선 한가로이 시간이 흐르고 사람들은 여전히 하늘과 초록의 대지를 바라보고 산다. 추위를 대비해 집들은 창과 문을 최소한으로 내는데 그마저도 단단히 싸맨 듯 틈이 없어 겉으로 보면 구분이 어렵다.

단지 간판에 '훈스니 델구르ХҮНСНИЙ ДЭЛГҮҮР'라고 쓰여 있어 식료품점이란 걸 알려 준다.

몽골 작은 가게 ː 28×22cm ː 2024

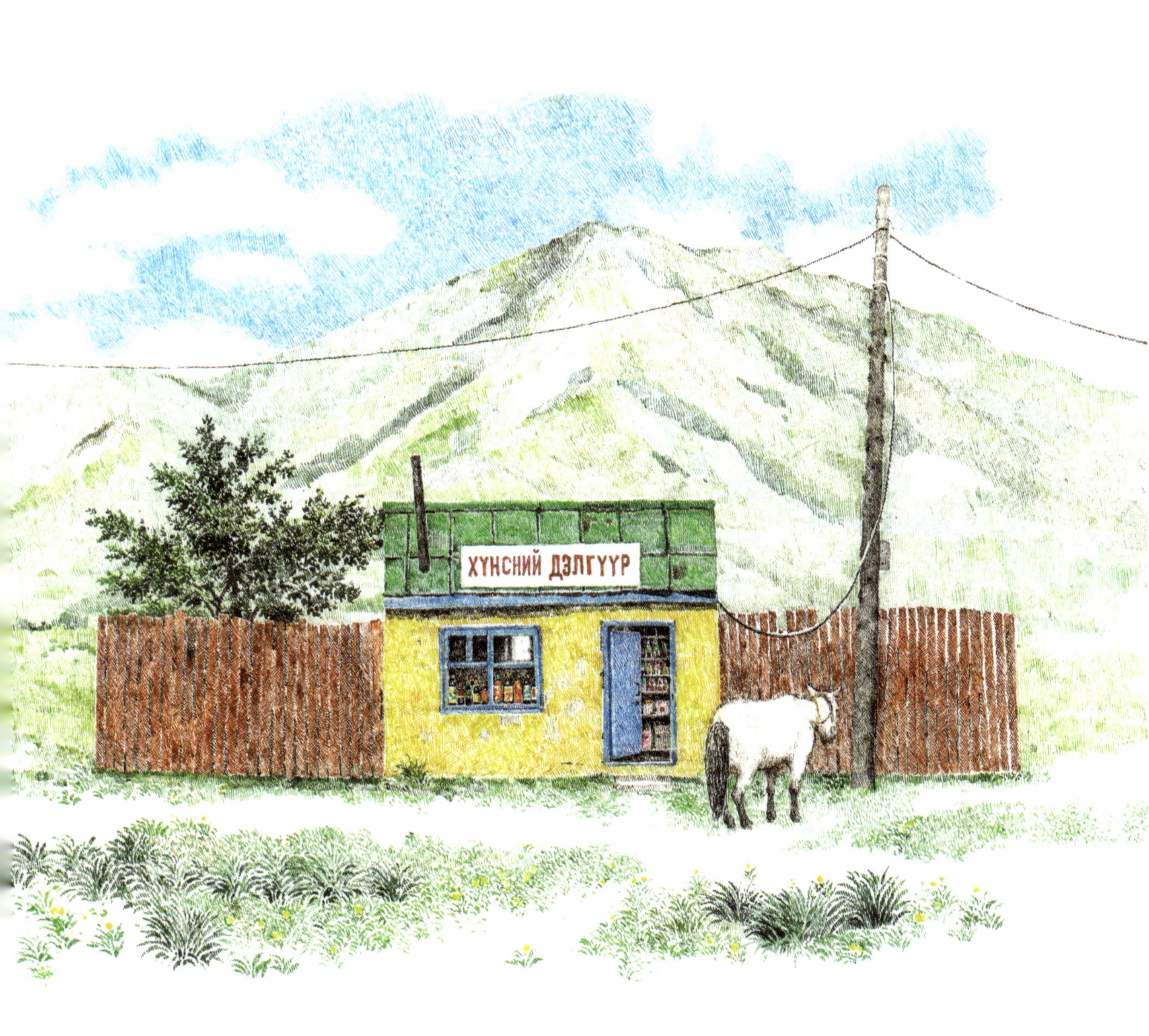
ХҮНСНИЙ ДЭЛГҮҮР

솔롱고스

겨울이 너무 추워 개발을 할 수 없는 땅, 몽골에는 집을 짓지 않고 떠도는 유목민들이 있다.
그들은 가족과 함께 오로지 초원에 의지해 양, 염소, 말, 소, 낙타를 기르며 산다.
도시의 편리함에 길들여진 나는 불편함을 감수하고 광활한 자연과 마주하고 싶어 그곳에
갔다. 푸르공을 타고 끝없이 펼쳐지는 초원의 거친 길을 지도도 이정표도 없이 달렸다.

말갛게 헹궈 낸 하늘, 푸르름 내려앉은 초록의 대지 위에 자란 야생 들풀은 반년의 혹독한
겨울을 버티고 살아남아 흐드러지게 꽃을 피운다. 땅다람쥐가 굴을 파고, 작은 벌레와
곤충들이 바쁜 걸음으로 총총거리고, 양 떼와 말과 염소와 소들은 서로서로 무심한 듯
평화롭다.

유목민 게르에서의 밤은 쌀쌀해서 가져온 옷가지를 모두 껴입었다.
게르 위로 어둠이 열리고 별무리가 쏟아진다.

손을 뻗으면 닿을 듯 잃어버린 밤하늘을 찾았다.
별을 덮고 잠드는 밤에 나는 자연의 일부가 된 것 같았다.

다음날 일출을 보기 위해 새벽에 일어났다. 해가 떠오르자 저기 시야의 끝에서 끝을 이은
무지개, 솔롱고스를 봤다. 그렇게 큰 무지개는 처음이었다. 몽골 사람들은 무지개를
하늘과 대지를 잇는 신성한 다리로 여기는데 한국을 솔롱고스라고 부르기도 한다. 짧은
여정이었지만 문명이 비켜간 땅에서 별빛, 하늘, 구름, 초원을 품에 안고 자유롭게 깨어나는
나를 만났다. 자연에 기대어 순응하고 사는 삶도 행복할 것 같다.

오늘처럼 사람숲, 빌딩숲에서 일에 떠밀려 시간에 쫓길 때면 홀로 올랐던 언덕 위 끝없이
펼쳐진 초원이 그립다.

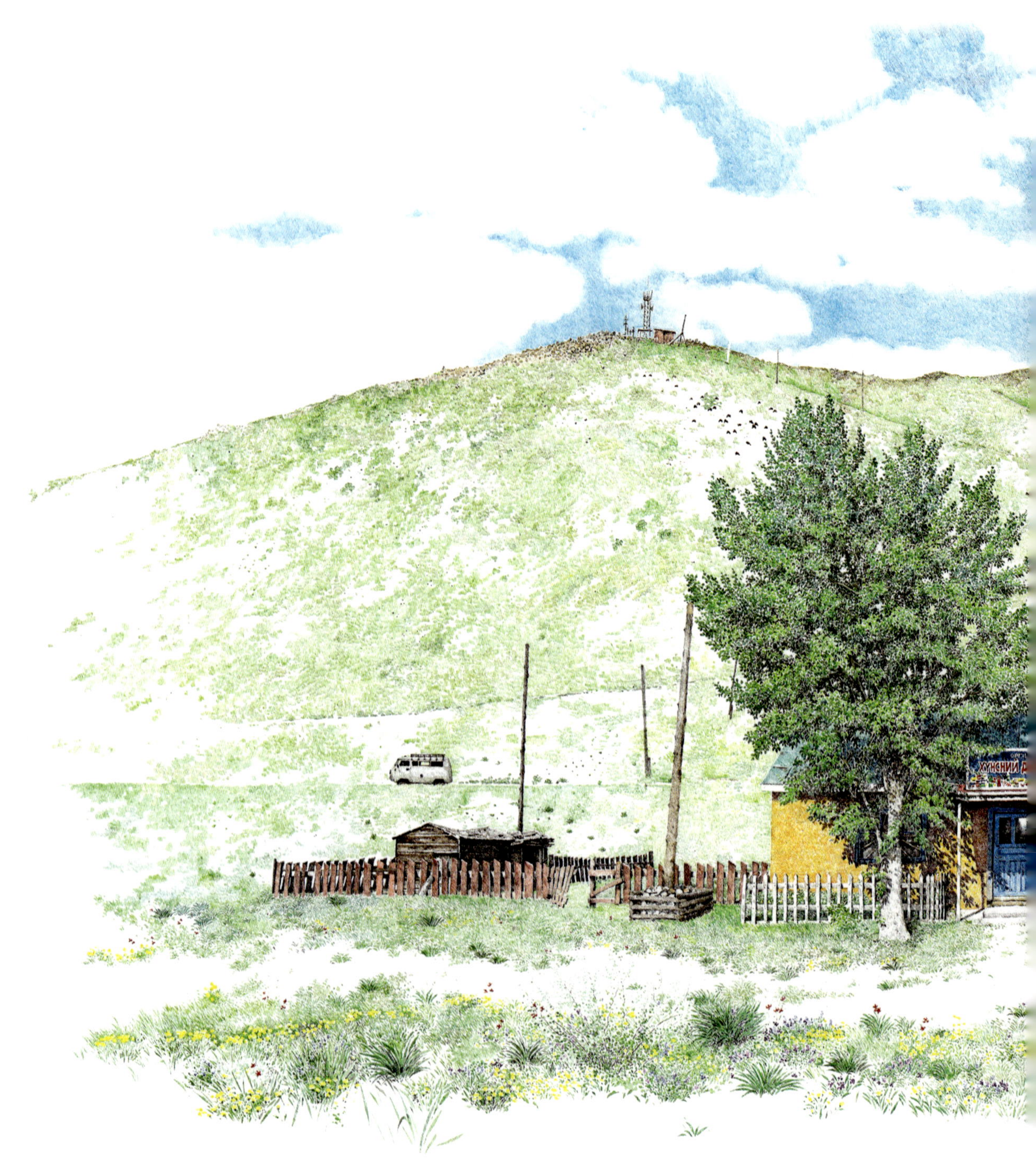
ХҮНСНИЙ Д

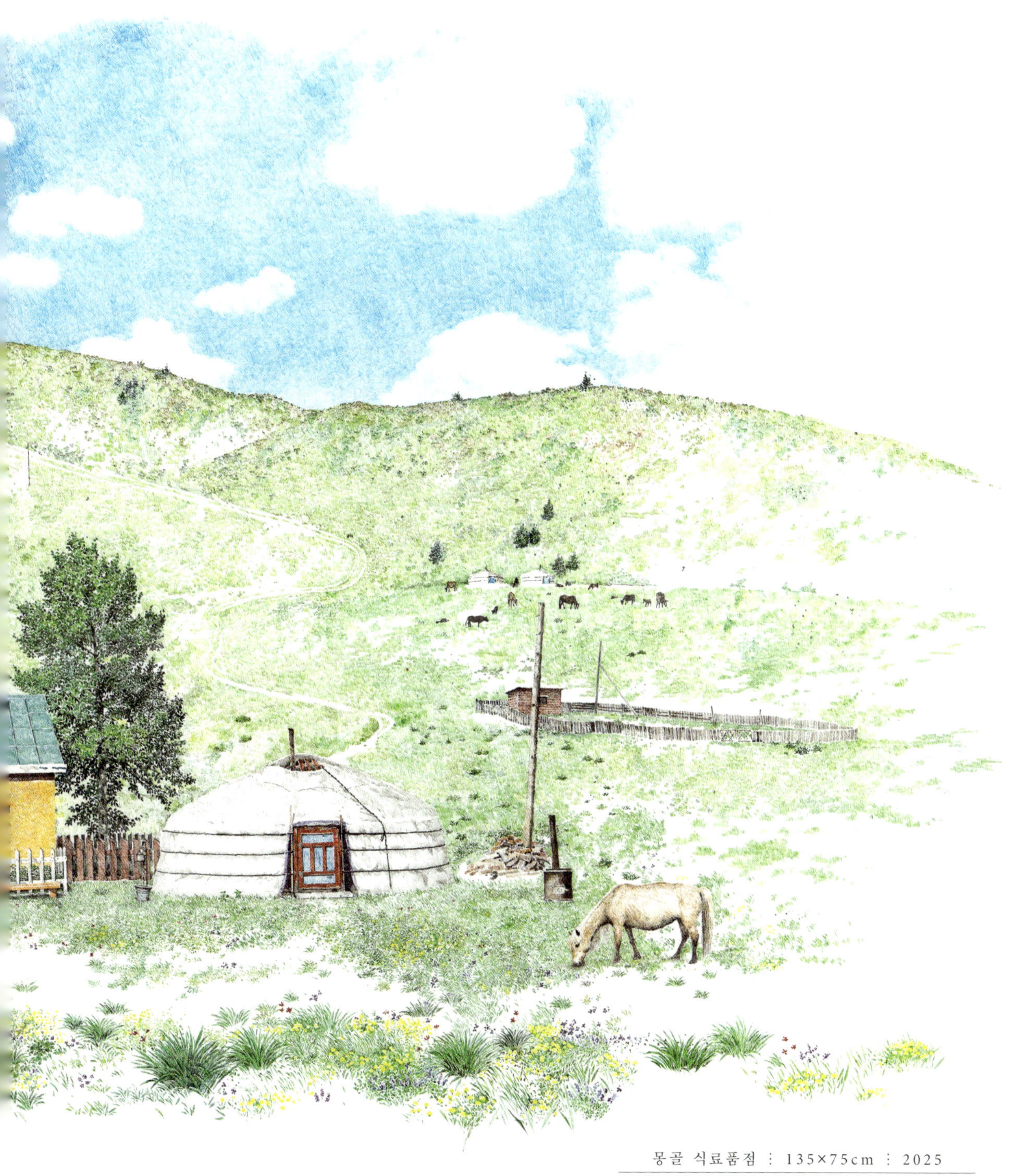

몽골 식료품점 ： 135×75cm ： 2025

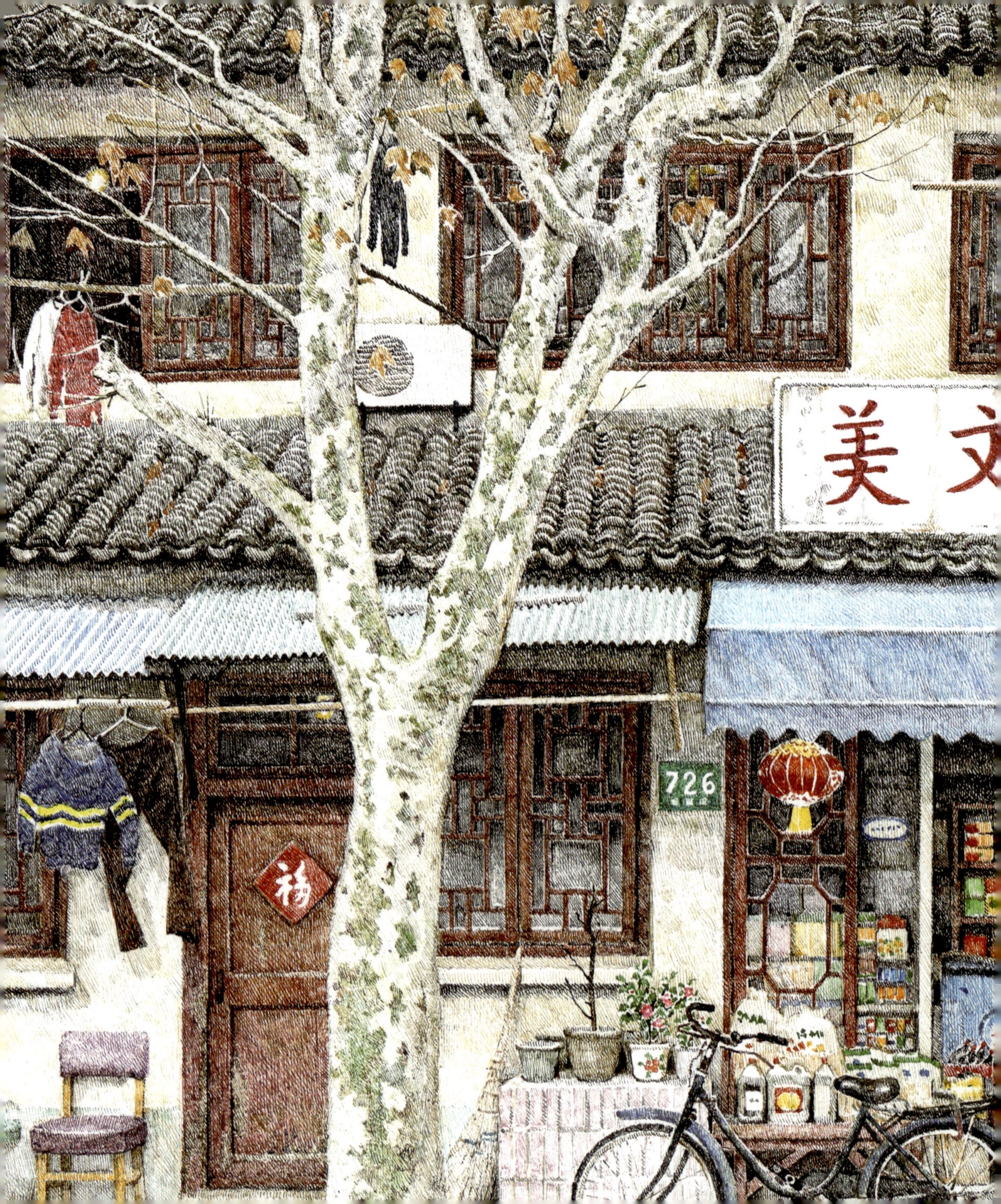

美文
726
福

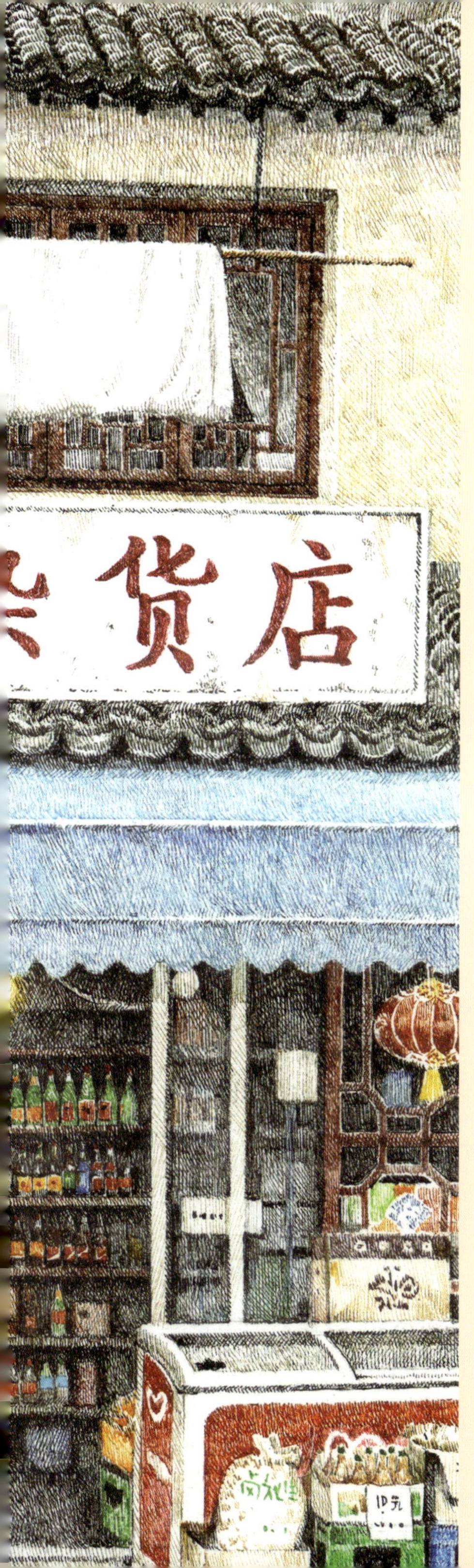

세월이 지나 흐려져도

사라지지 않을 이름

따뜻한 시선으로
사물의 이면을 드러내는
한 편의 시詩같은
그림을 그리고 싶었다.

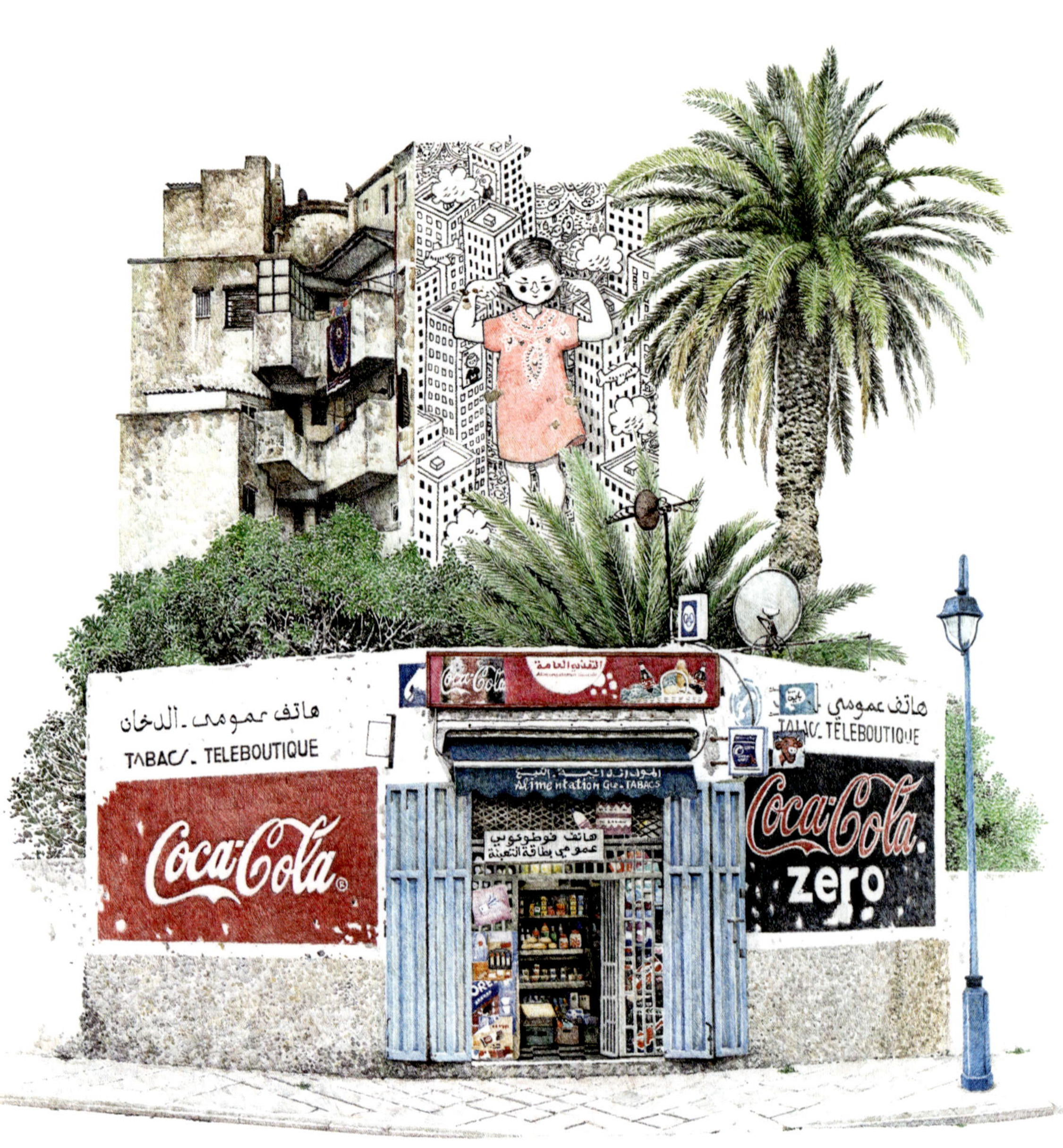
Coca-Cola
هاتف عمومي ـ الدخان
TABACS - TELEBOUTIQUE
هاتف عمومي
TABAC - TELEBOUTIQUE
Coca-Cola
Alimentation Gle - TABACS
Coca-Cola
zero

카사블랑카의 한 장면

아프리카이면서 중동과 유럽의 분위기를 동시에 느낄 수 있는 신비로운 땅, 모로코는
오래전부터 여행을 꿈꾸어 오던 곳이다.

모로코로 향하는 기내에서 1940년대 2차 세계대전이 배경인 잉그리드 버그만과 험프리
보가트 주연의 영화 <카사블랑카>를 봤다. 숙소에 도착해 서둘러 짐을 풀고 나니 벌써
해가 기울었다. 여행 첫날을 그냥 보낼 수 없어 근처 주택가를 무작정 걷다가 동네 작은
재래시장을 만났다. 우리의 오일장같이 사람들로 북적이며 활기찼다. 너른 광장에 노점
상인들이 갖가지 채소와 과일들, 온갖 생필품들을 바닥에 늘어놓고 판다. 이리저리 구경을
하다 주위를 돌아보니 여행자는 우리뿐, 모두 현지인이다. 길가 작은 구멍가게에 들러 잠시
목을 축이고 왔던 길을 되돌아 머리 위로 떠오른 달빛을 바라보며 걸었다. 영화에서 보았던
장면이 지금 내 눈앞에 펼쳐져 있다.

무함마드 5세 광장에서 올드 메디나 사잇길로 하산 2세 모스크를 찾아가는 중에 만난
식료품점이다.

모로코 식료품점 ː 45×53cm ː 2024

푸른 걸음을 내딛고

쉐프샤오엔은 하늘빛 염료에 풍덩 담갔다 건져낸 듯 파랗게 물든 마을이다. 쇠뿔 모양의
산 아래 구시가지의 구불구불한 돌길 따라 그 푸르름이 이끄는 대로 가파른 골목을 오르며
주택가 올망졸망 작은 가게들과 벽에 걸린 색색의 화려한 양탄자에 시선을 빼앗겼다. 한참을
걷다 다다른 막다른 곳, 여기가 어딘지 길을 잃어버렸다. 아니 일부러 헤매고 싶었던 것
같다. 간간이 들려오는 모로코 전통악기 벤디르와 크라케브 연주 소리가 벽을 타고 울리고
여행자를 무심한 듯 바라보는 사람들의 시선과 나른하게 느릿느릿 걷는 고양이와 눈이
마주치는 사이 지붕 너머로 내리쬐던 태양의 열기는 사라지고 시원하다 못해 서늘했다.

담벼락 아래 발끝으로 번져오는 푸른 것이 하늘인지 바다인지….

모로코 아시칸 식료품점 : 45.5×45.5cm : 2025

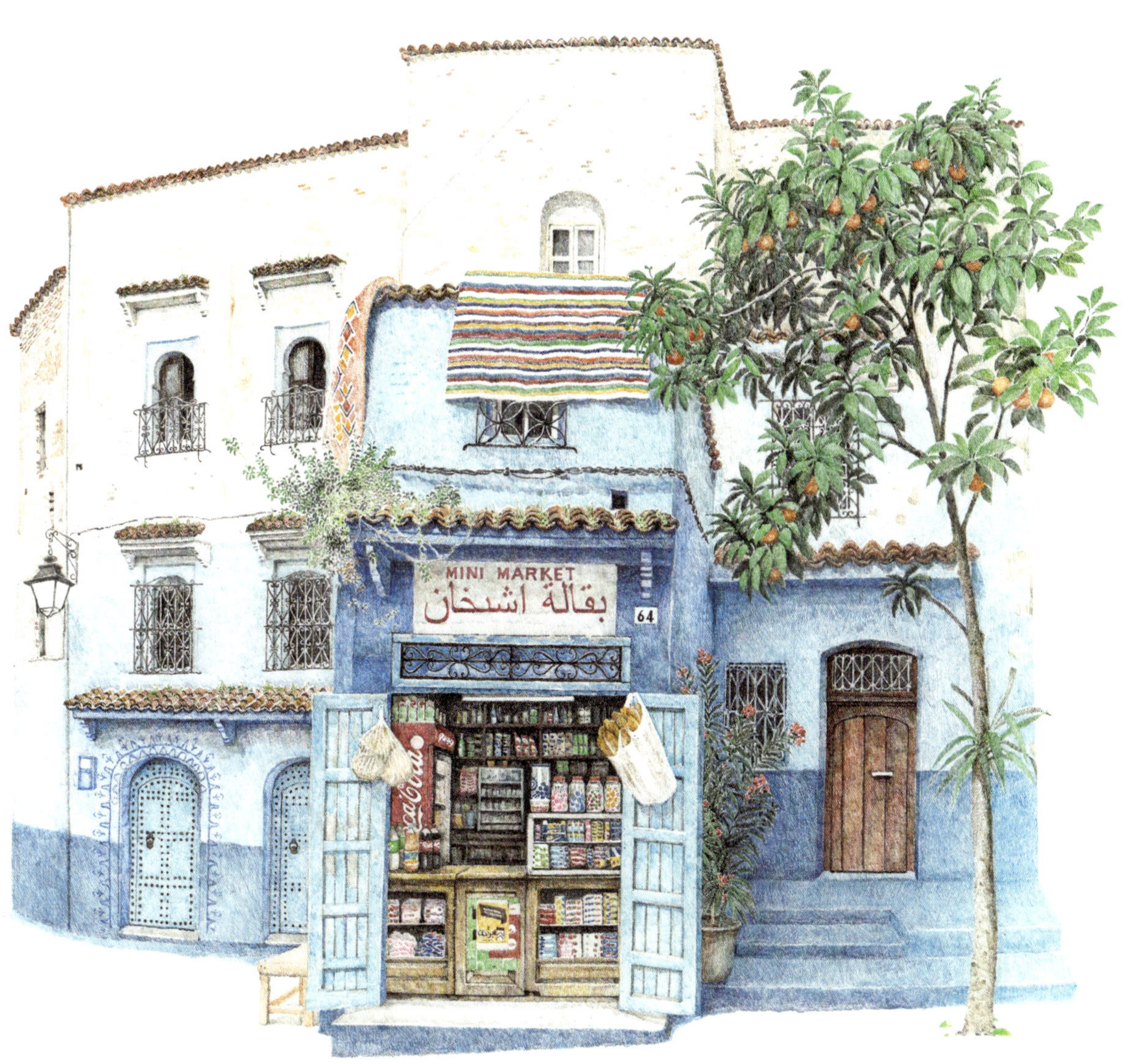
MINI MARKET
بقالة اشسخان
64

한 번의 결혼식과 한 번의 장례식

하와이에는 결혼하고 큰아이를 낳자마자 바로 이민을 가신 큰형님이 계신다.
큰딸을 먼 이국땅에 떠나보내야 했던 시어머니의 마음이 얼마나 힘들었을지 가늠할 수 없다.
2005년 조카의 결혼식에 참석하기 위해 온 식구가 하와이로 건너갔다. 장시간 비행기를
타야 하는 여행이 처음인 시어머니는 혹시 아프기라도 할까 봐 설렘 반 긴장 반 하셨다.
하와이에서의 조카 결혼식은 3일 동안 이어졌다. 결혼식이 끝난 후, 마우이 큰형님 댁에
머무르면서 모처럼 즐거운 시간을 보냈다.

형님은 우리들이 다녀간 뒤에 30년 이상 살았던 마우이에서 호놀룰루로 이사를 하셨다.
2019년 아주버님이 돌아가셨다는 연락을 받았다. 갑작스러운 슬픈 소식에 하와이로 갔다.
이곳에서 40년 동안 성실하게 사셨던 아주버님은 한결같이 온화한 성품에 남을 배려하는
마음이 몸에 밴 분이셨다. 호놀룰루에서 생의 마지막 무렵에는 영어를 다 잊어버리고
우리말로 의사소통을 하셨다고 한다. 따뜻한 눈빛으로 미소 짓던 모습이 지금도 선하다.
지난번 서울에서 뵈었을 때 고향 김제가 그리우시거든 읽으시라고 구멍가게 책 한 권을
드렸었는데….

가족 모두의 추모 속에 간소하게 장례를 마치고 아주버님은 우리나라가 보일 듯한 서쪽
바다로의 여정을 시작하셨다. 조타수도 없이 그 먼 곳까지 헤엄쳐 가시려면 오래 걸릴 것
같다. 우리는 형님 곁에서 하는 일 없이 여러 날을 보냈다.
가족들과 함께 바람의 언덕에 올라 에메랄드빛 바다를 보고 와이키키 해변을 걷고
서핑하는 사람들과 불타는 석양을 바라보며 그렇게 마음을 달랬다.

오하우섬을 한 바퀴 빙 돌아오다 북동쪽 해변에서 만난 카야스가게에 들렀다. 길가에
있는 작은 슈퍼들은 주로 이민자 가정이나 현지인 마오리족이 운영하고 있었다.
최근에 마우이 화재로 많은 지역이 소실됐다고 들었다. 멀리 보이는 할레아칼라 산 아래
이주 한인들의 애환이 서려 있을 사탕수수밭과 불타버린 마을을 뉴스로 보니 안타까웠다.

알로하! 마우이.

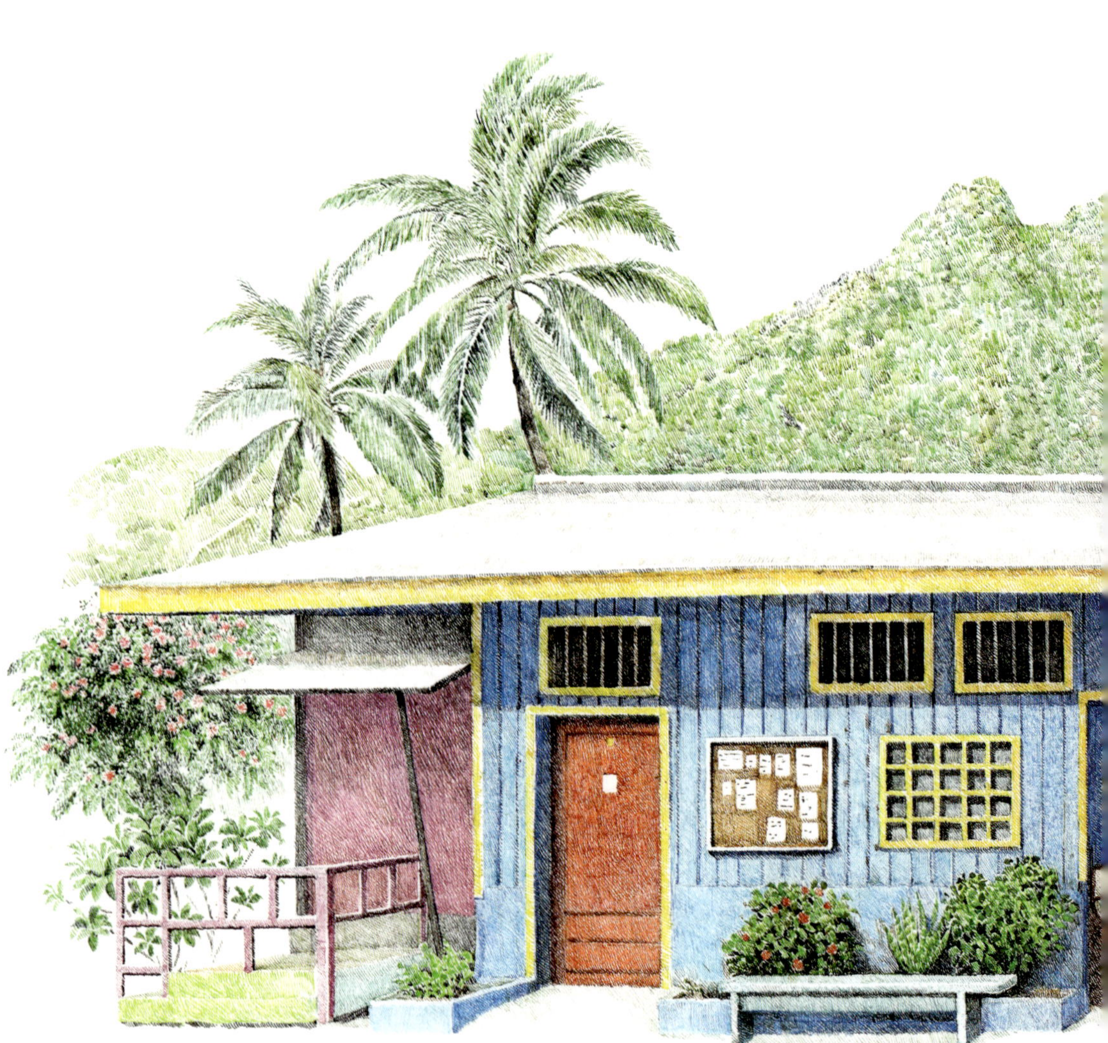

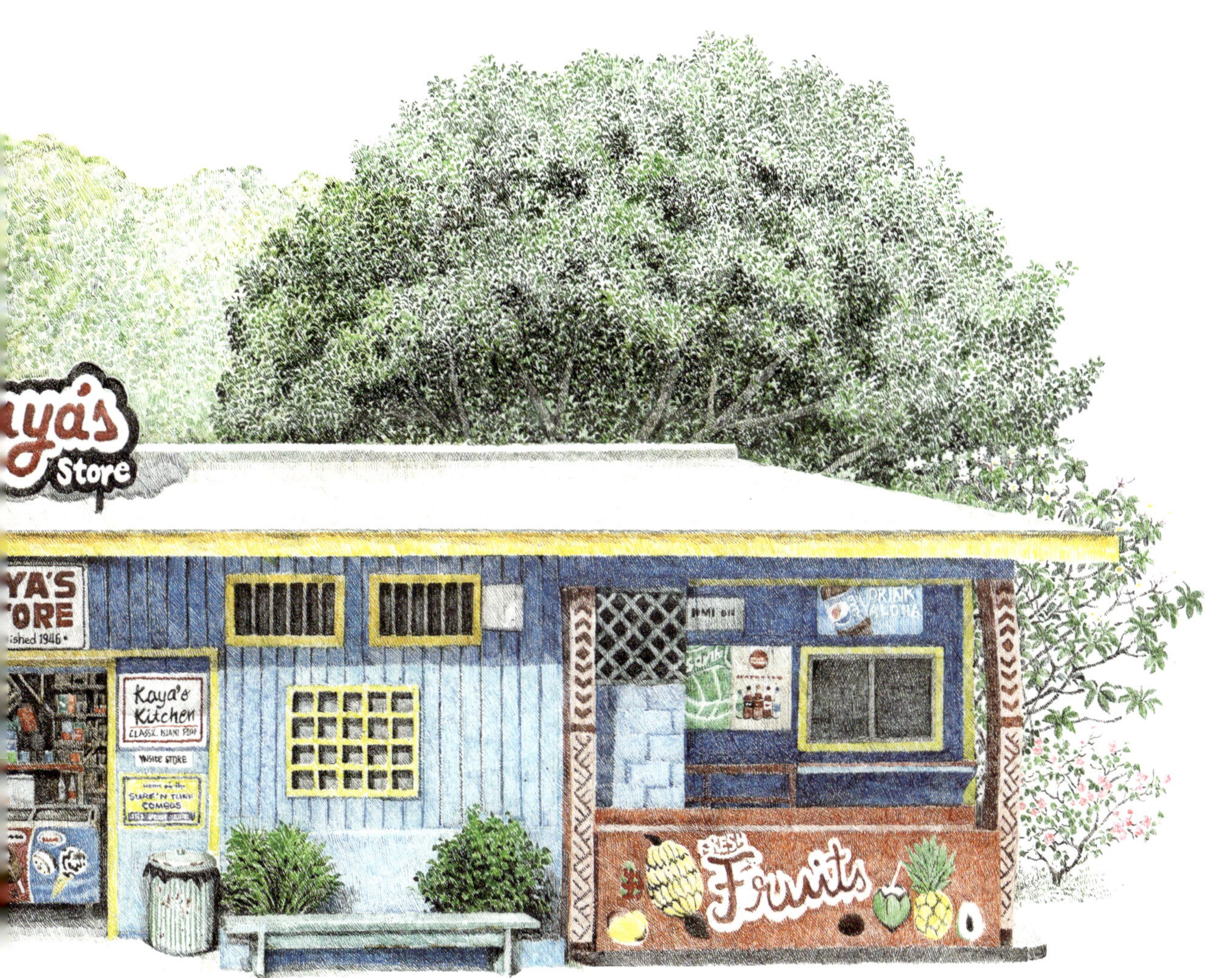

하와이 카야스 가게 ː 62×33cm ː 2024

바위에 새긴 의지

튀르키예의 카파도키아에는 요정의 굴뚝이라 불리는 신비로운 기암괴석들과 으흐랄라라는
계곡이 있다. 이곳은 인간이 자연과 공존하며 살았던 역사적인 장소이며 신앙의 성지다.
지금은 암석을 다듬어 지은 건물에 작은 가게가 문을 열고 관광객들에게 물건을 팔고 있다.

또 다른 삶의 터전으로 여전히 사람들은 자연에 기대어 살고 있는 중이다.
괴뢰메 골짜기엔 살고자 하는 사람들의 의지가 담긴 수천 년의 세월이 잠들어 있어
잠시 머물다 간 영혼들의 숨결이 바람에 떠돌다 새로운 흔적을 바위에 새긴다.

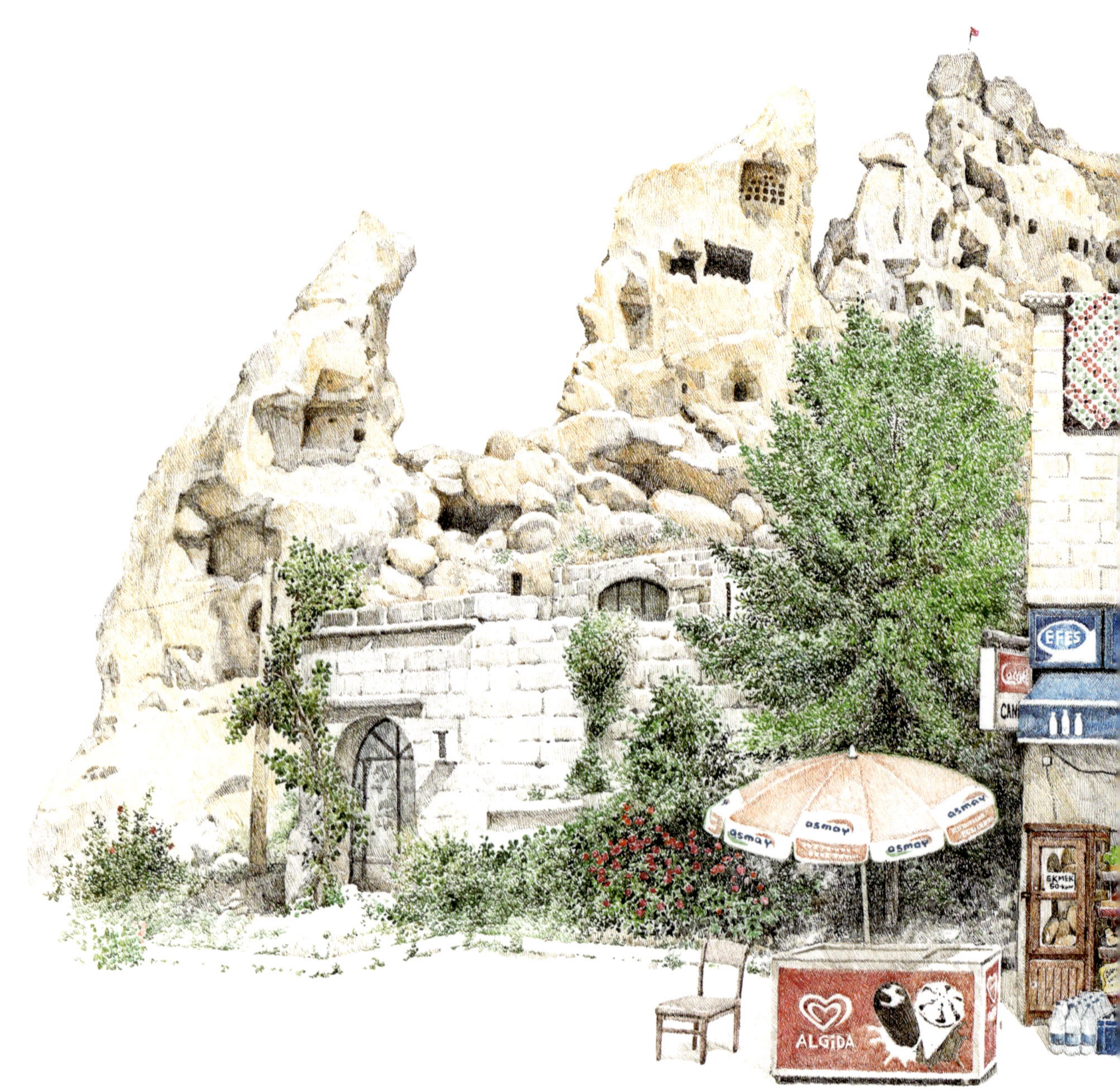

EFES
Coca
CAM
asmay
EKMEK
50 kur.
ALGIDA

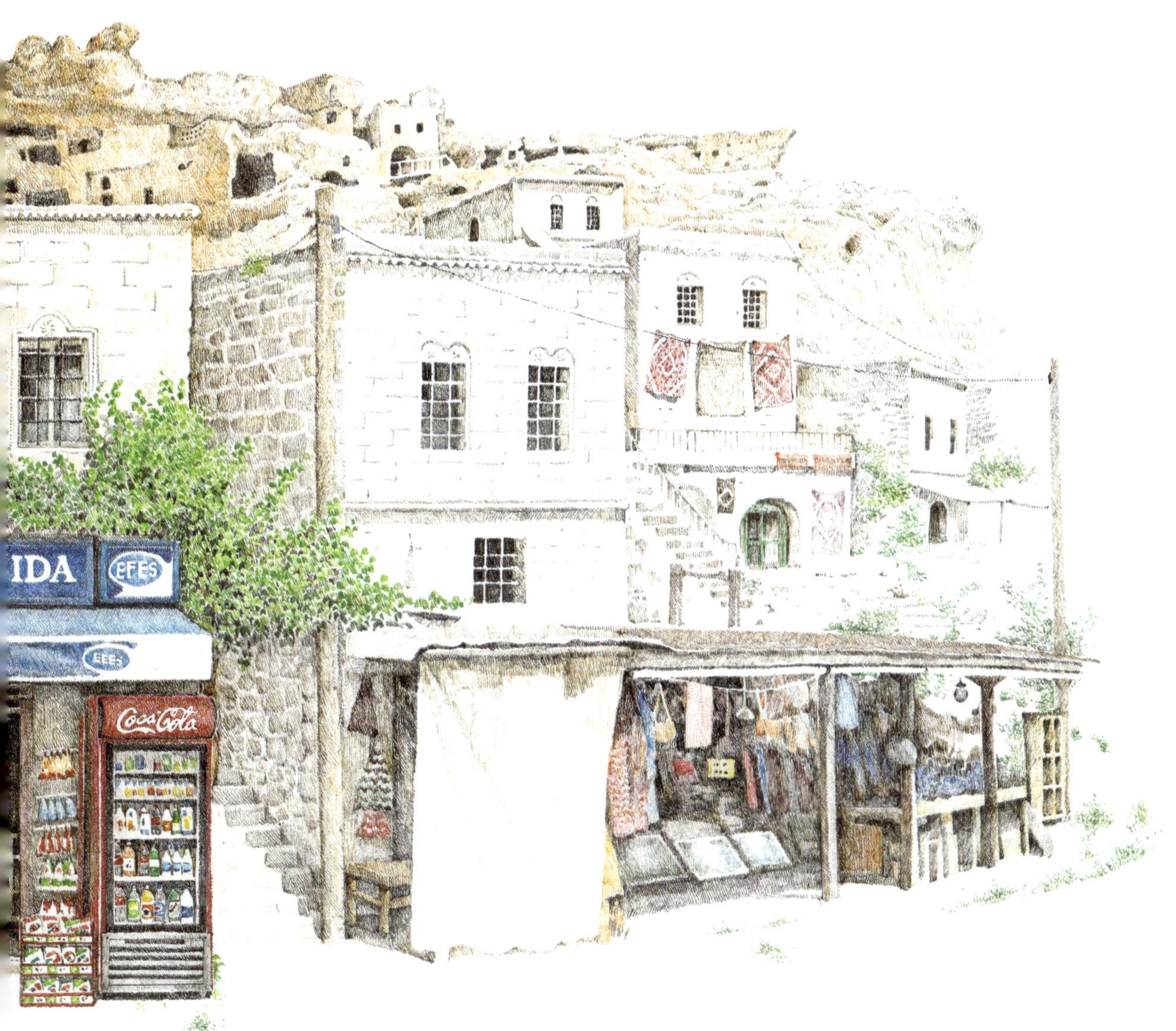

튀르키예 카멜기다 ⋮ 62×33cm ⋮ 2025

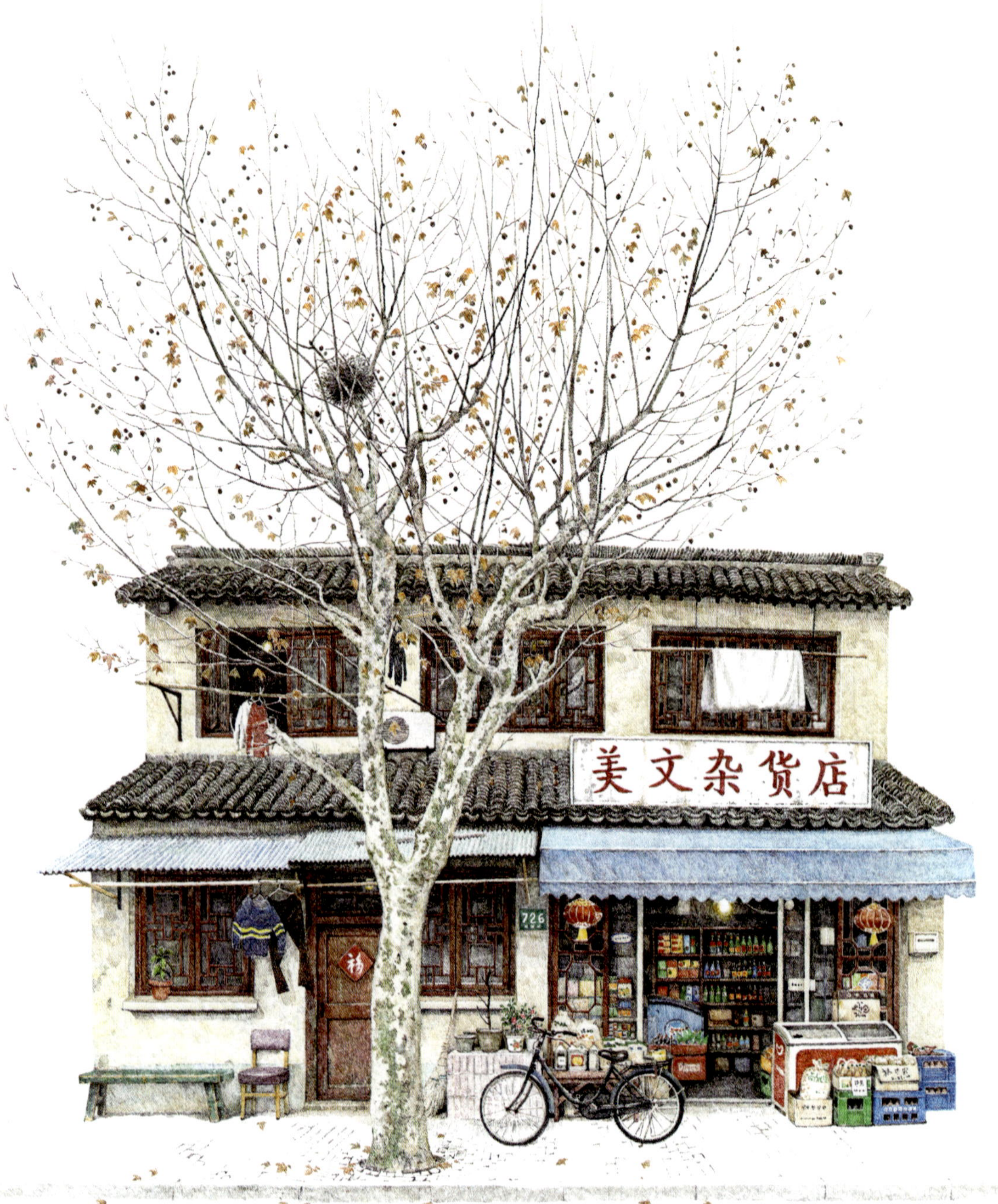

美文杂货店
726

고즈넉한 가게

중국에서는 작은 슈퍼마켓을 차오스超市라고 부른다. 땅도 넓고 인구가 많아서인지 시안,
구채구, 윈난, 황산, 북경같이 북적대는 관광지는 말할 것도 없고 예스러움을 간직한 소주,
항주에서조차 오래된 가게의 멋과 정취가 희미해졌다. 손글씨 간판의 상점이나 잡화점은
이제 조용한 오지 마을에서나 만날 수 있다.

미문잡화점은 상하이의 시장 뒷골목에서 어렵게 찾은 가게이다.

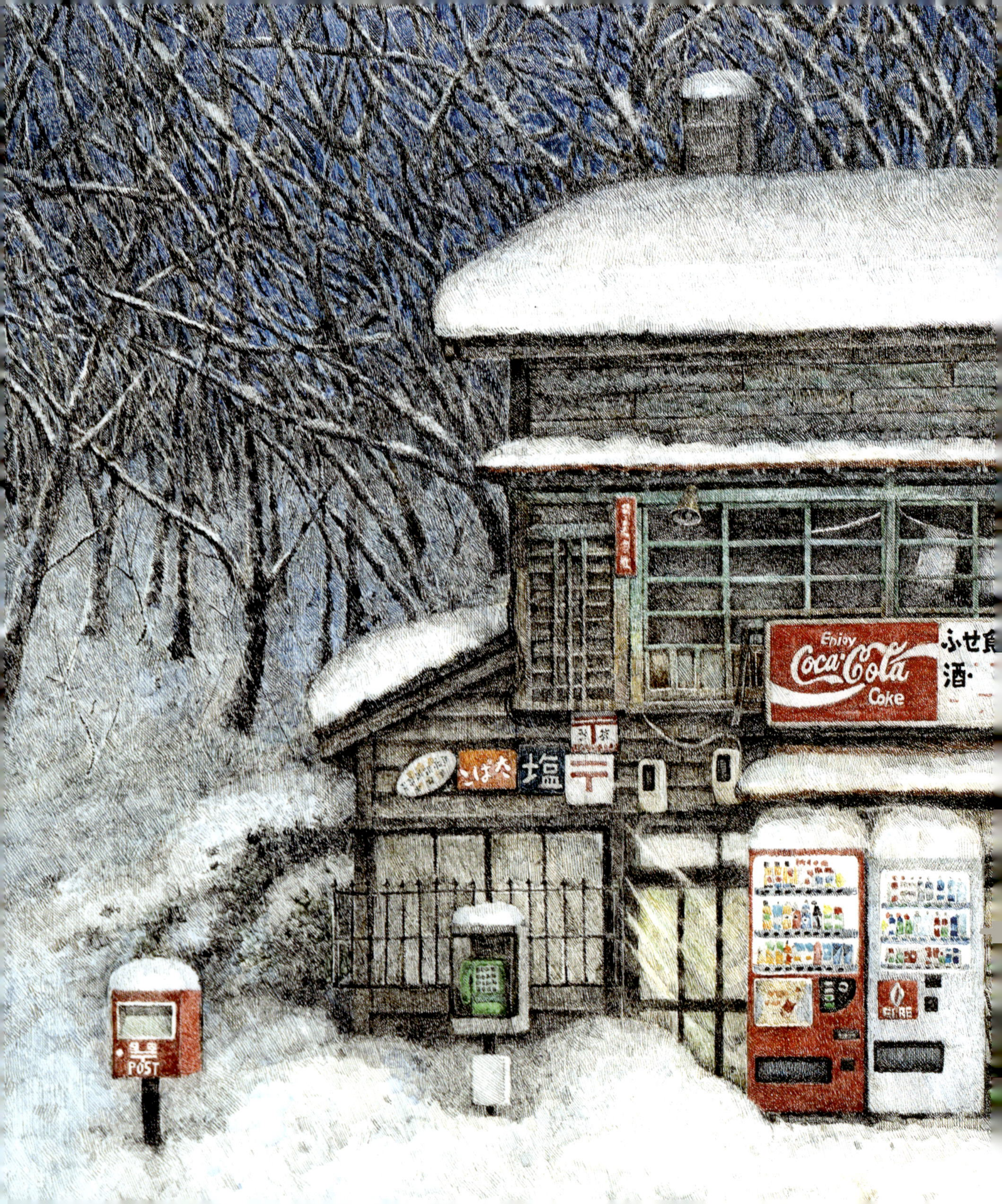

Enjoy
Coca-Cola
Coke
ふせ食
酒・
こはた
塩
〒
POST

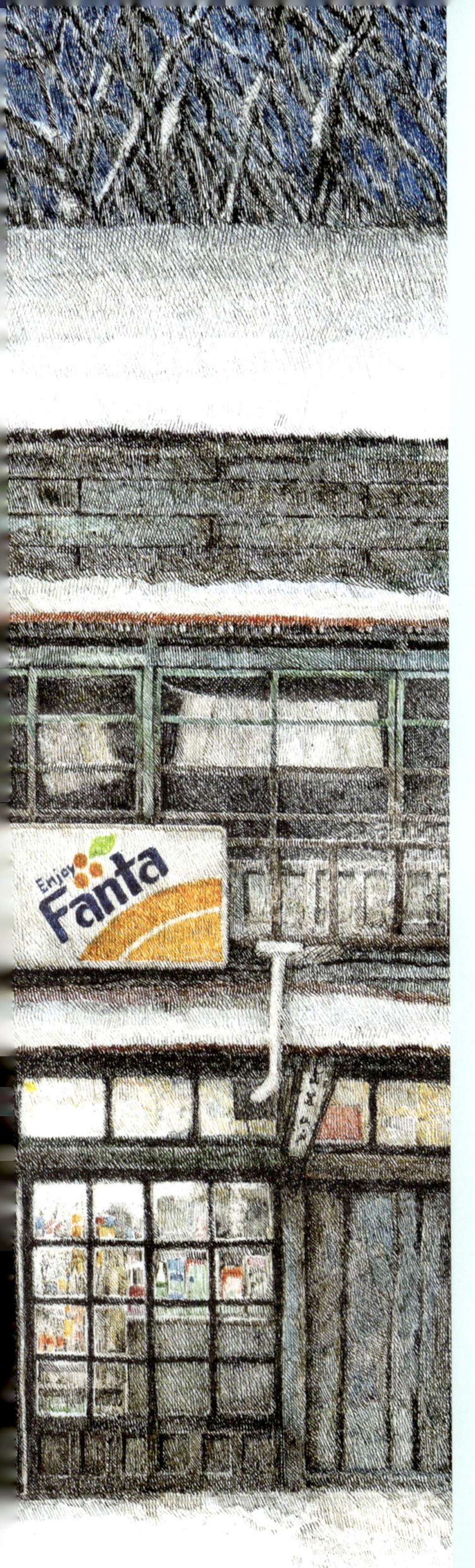

시간이

쌓인

풍경

허공에 조용히 내리는 가는 눈발들,
바닥에서 하늘로 소복하게 쌓이는 동안
거꾸로 흐르는 시간들이
차곡차곡 포개진다.

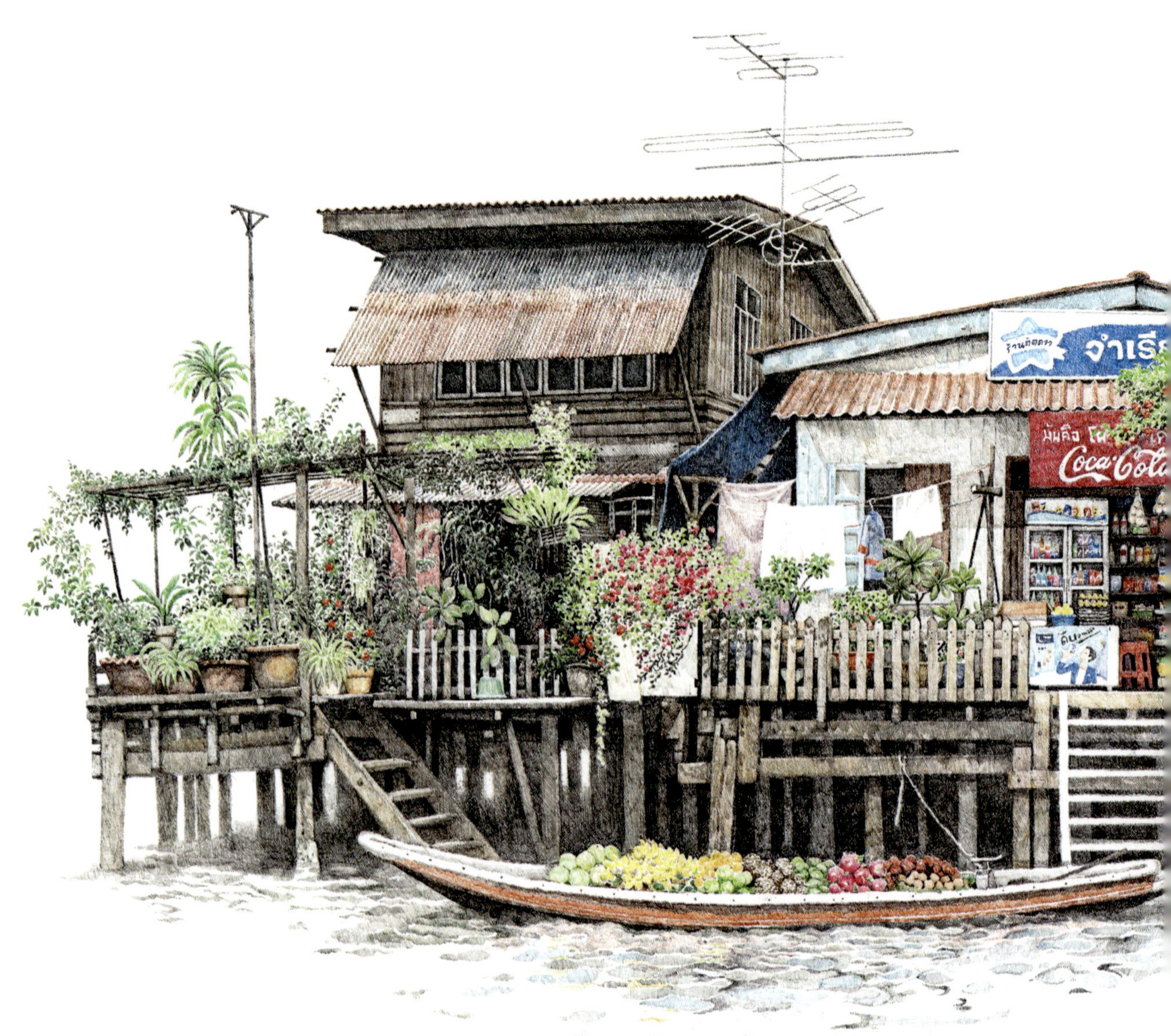
ร้านติดดาว
จำเริ
มันคือ โซ
Coca-Cola

물 위에 머문 하루

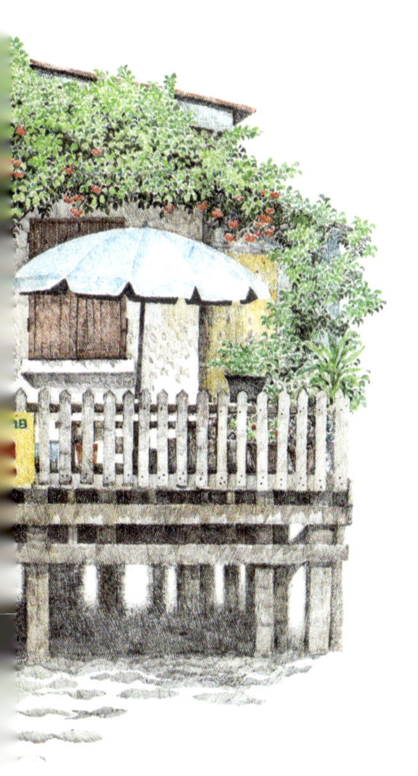

물 위의 집들과 상점들 사이로 기다란 나무 배longtail boats들이
좁은 수로를 가르며 오가는 담넌사두억 시장의 아침은 배를 타고
물건을 사려는 사람들과 팔려는 사람들, 몰려든 구경꾼들이 한데
뒤엉켜 생기로 가득하다. 과거와 현재가 공존하는 수상가옥,
활기찬 상인들의 얼굴, 다채로운 빛깔의 열대과일을 보며
천천히 노를 젓다가 소란이 한 걸음 물러난 곳에서 작은 가게를
만났다. 물결에 몸을 맡긴 채 잠시 배를 멈췄다. 강물에 비치는
삶의 잔상들은 눈부신 햇빛을 받아 수면 위에 반짝이고 손님을
기다리는 가게의 시간은 잔잔하고 조용히 흐른다.

무언가를 더 채우려 하지 않고, 흘러가는 대로 놓아 둔 채 마음이
쉬어 간 하루였다.

태국 수상시장가게 ∶ 61×41cm ∶ 2025

더 바랄 게 없는 풍경

포카라에서 오스트리아 캠프로 오르는 길에 가이드가 알려준 가게에 들렀다. 황토로 바른 벽면과 봉당이 우리네 시골집 같았다. 두 형제가 부모님 대신 가게를 지키고 있었다. 20살쯤 된 형은 아침이면 식빵을 화로에 구워 인근 게스트하우스에 가져다주고 남은 빵은 가게에서 팔고 있다고 했다. 자못 뿌듯해하는 청년이 만든 빵을 맛보고 싶어 달라고 했더니 야생꿀과 함께 내어놓았다. 차이 티와 함께 달콤한 꿀을 빵에 발라 먹었다.

따뜻하게 허기를 채우고 부슬부슬 내리는 비를 맞으며 다시 산을 올랐다. 신발을 타고 오르는 거머리들을 발견하곤 소스라치게 놀라 한바탕 소란을 피우다 정신을 차려 보니 울창한 숲 위, 짙게 깔린 구름 사이로 물고기 꼬리 모양의 마차푸차레가 살포시 고개를 내밀고 랄리구라스가 붉게 피어 있다.

안나푸르나에 가까이 오르면 나도 모르게 구름 위로 붕 떠 있는 듯 자유롭다.

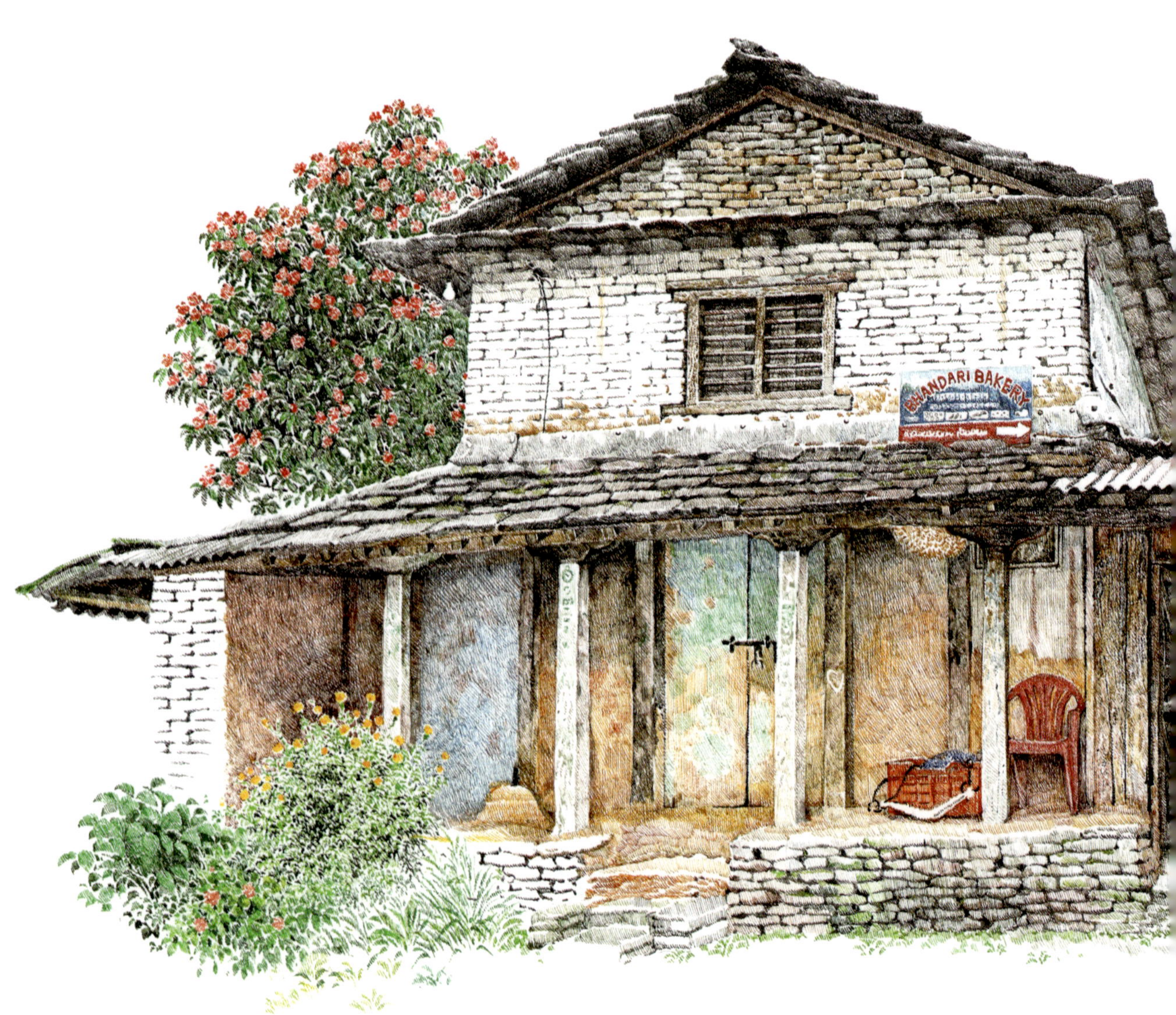
BHANDARI BAKERY

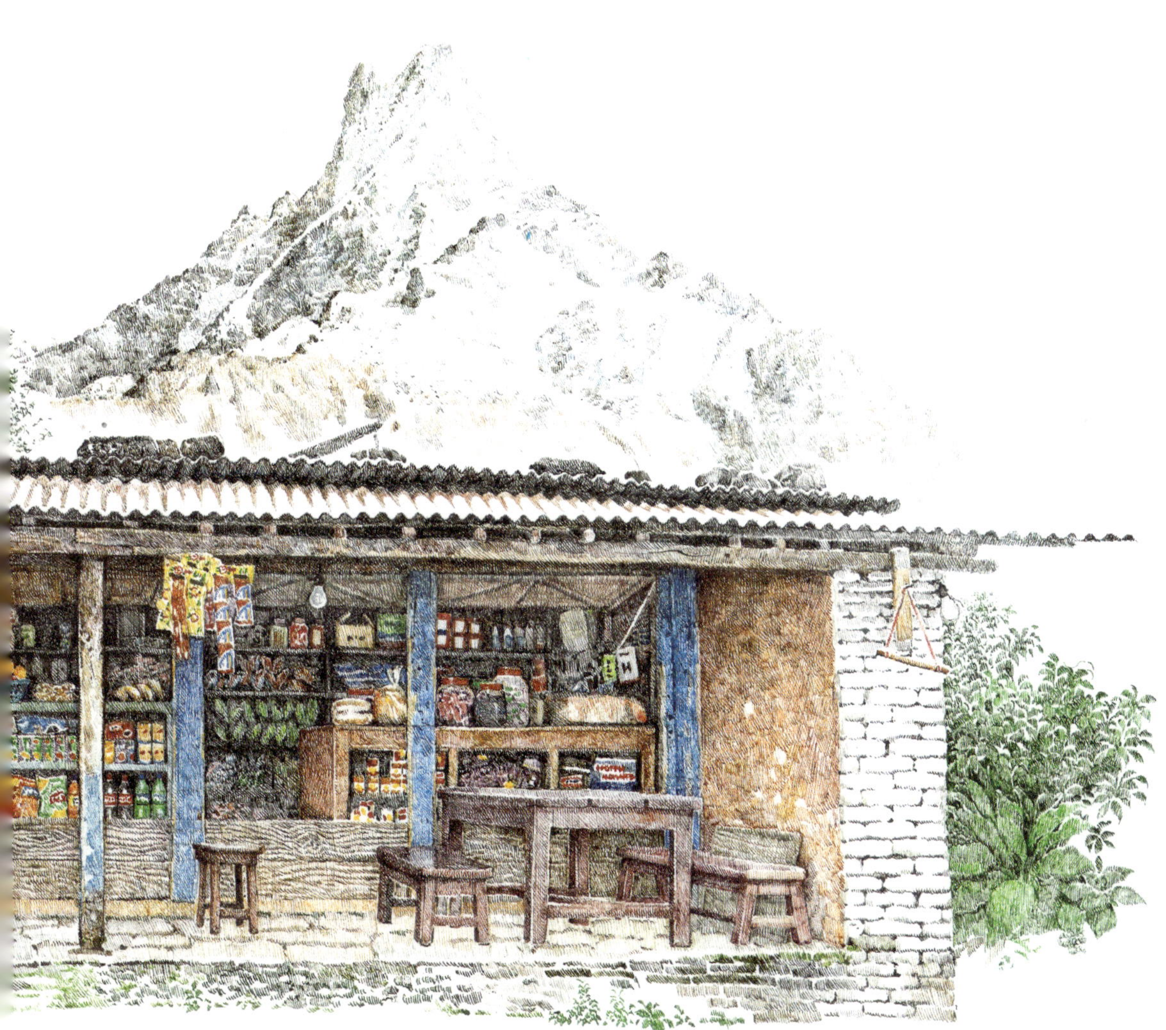

네팔 담푸스가게 ┊ 62×33cm ┊ 2025

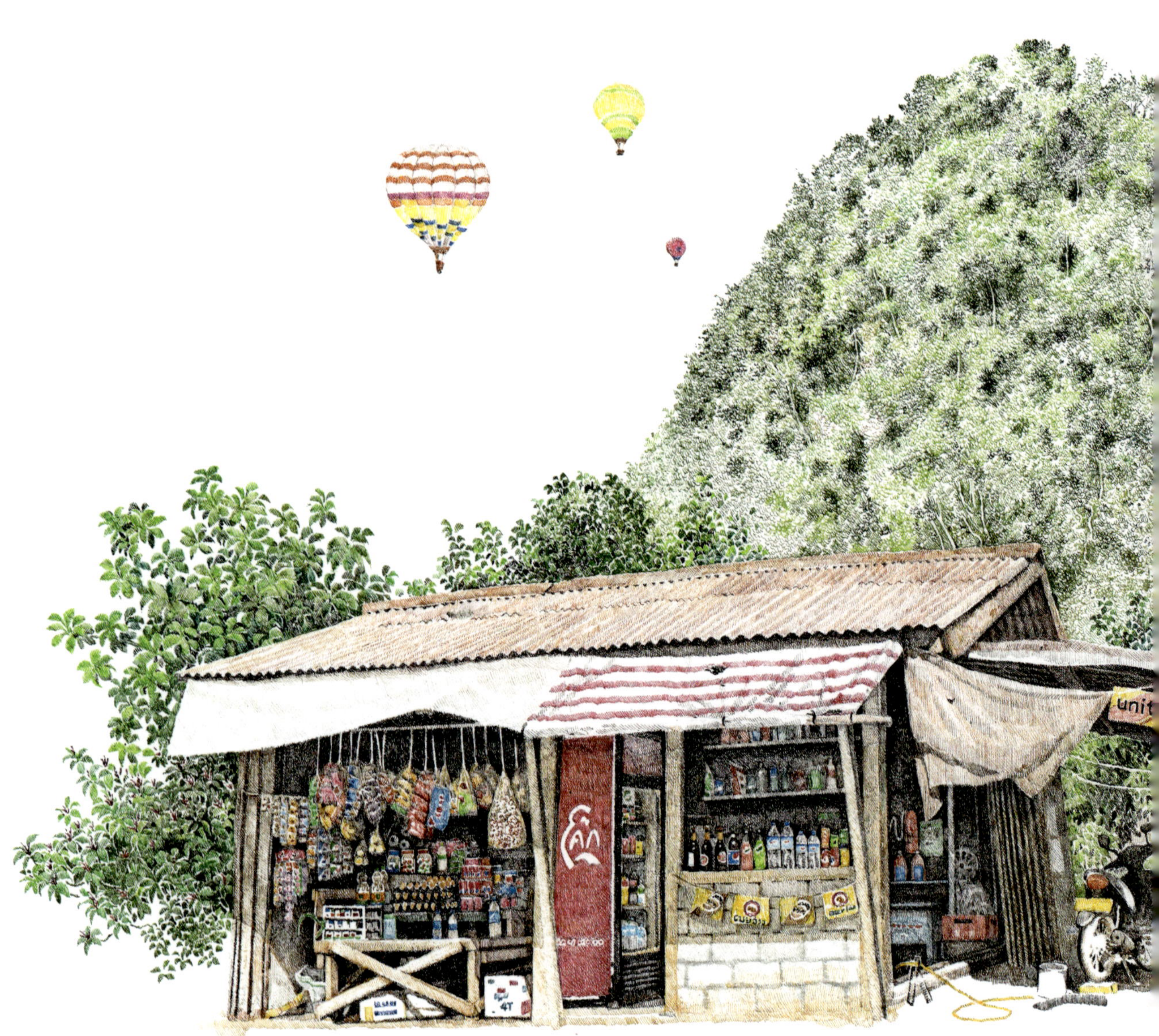

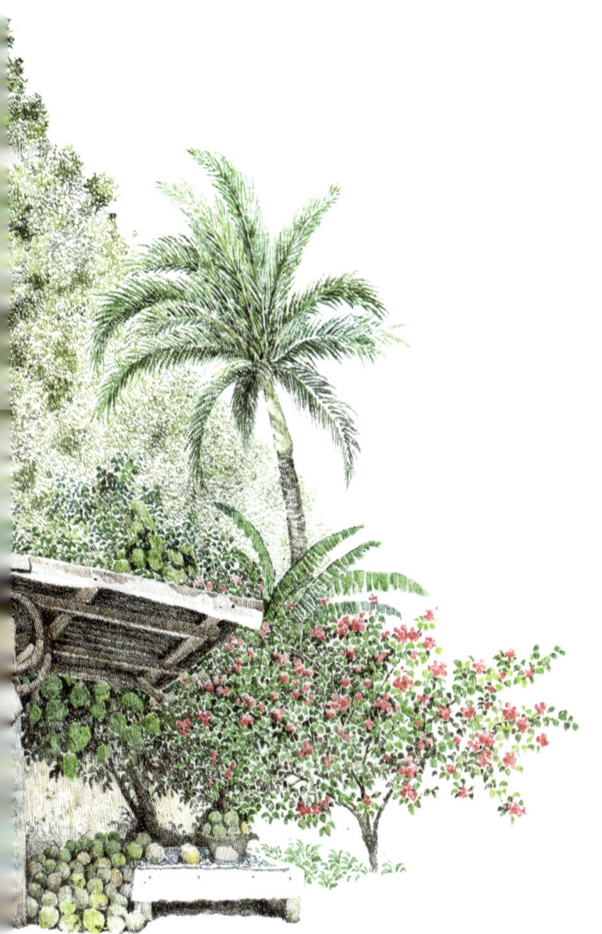

블루라군 가는 길

이른 아침 시골길을 따라 방비엥에서 에메랄드빛
블루라군까지 가려고 두어 시간을 걸었다. 하늘엔
봉긋한 산 위로 열기구가 떠다녔다. 흙먼지 풀풀
날리는 비포장길을 몇 명의 아이가 뛰어가다 잠시
멈춰 서서 호기심 어린 눈빛으로 환하게 웃으며 손을
흔들더니 다시 제 갈 길을 간다. 한 사내가 기우뚱
자전거 페달을 밟으며 지나다 나를 뒤돌아본다.
머리에 짐을 인 아낙네와 할머니가 갓길을 바삐
걷고 있다. 나지막한 울타리 안과 밖에서 닭들이
파닥거리며 튀어나오고 느긋하게 풀을 뜯는 삐쩍
마른 어미소 곁에서 송아지가 장난을 친다. 가끔
만나는 길가의 작은 가게들, 드문드문 소박한 집들,
아침을 여는 사람들, 오래전 본 듯한 정다운 풍경들이
파노라마처럼 펼쳐진다. 뚜벅뚜벅 느릿느릿 걸어야
전해지는 감동들이다.

드디어 블루라군에 도착했다.

라오스 길가가게 ː 55×35cm ː 2025

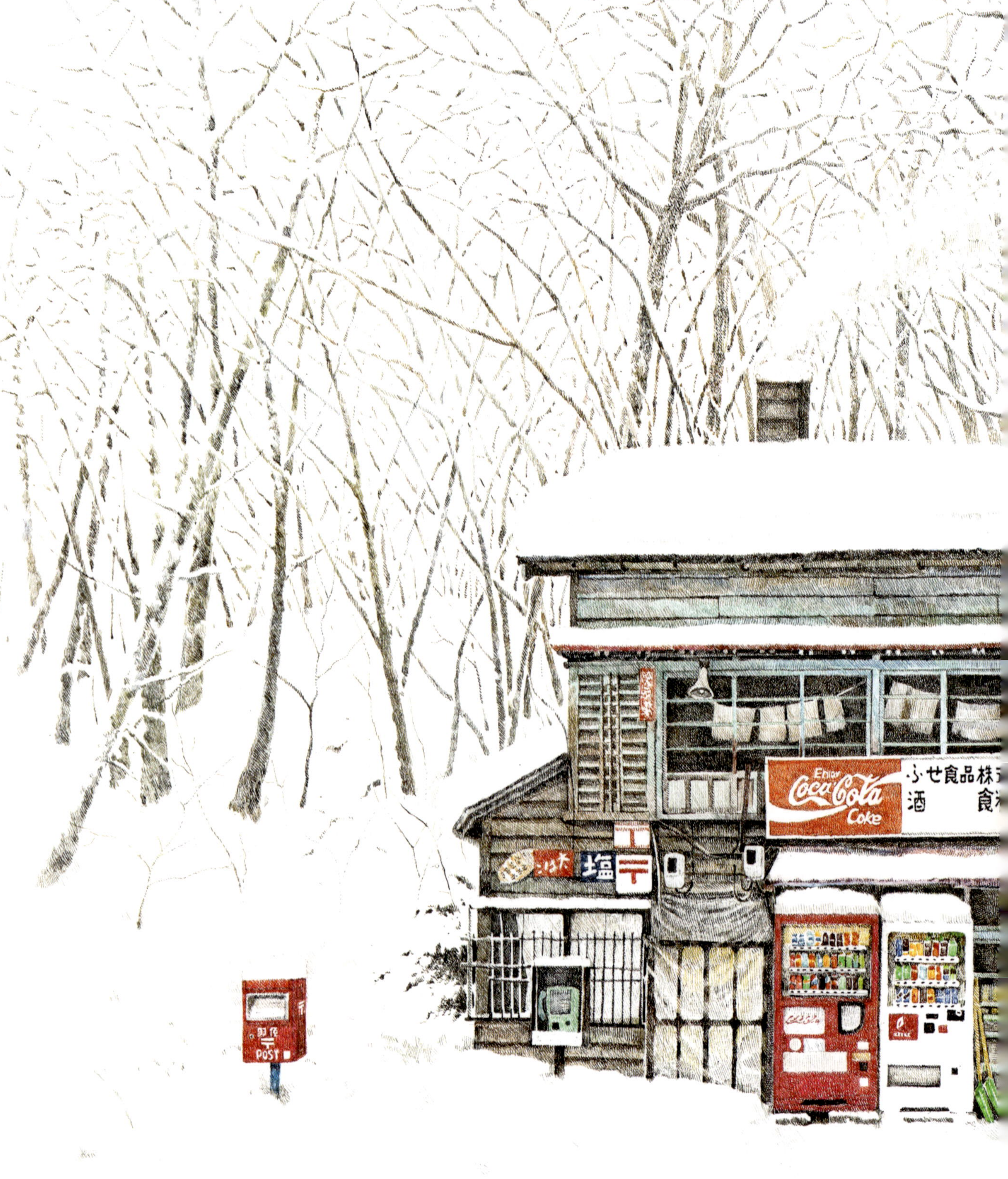
Coca-Cola
Coke
Enjoy
ふせ食品株
酒　　食
塩
〒
郵便
〒
POST

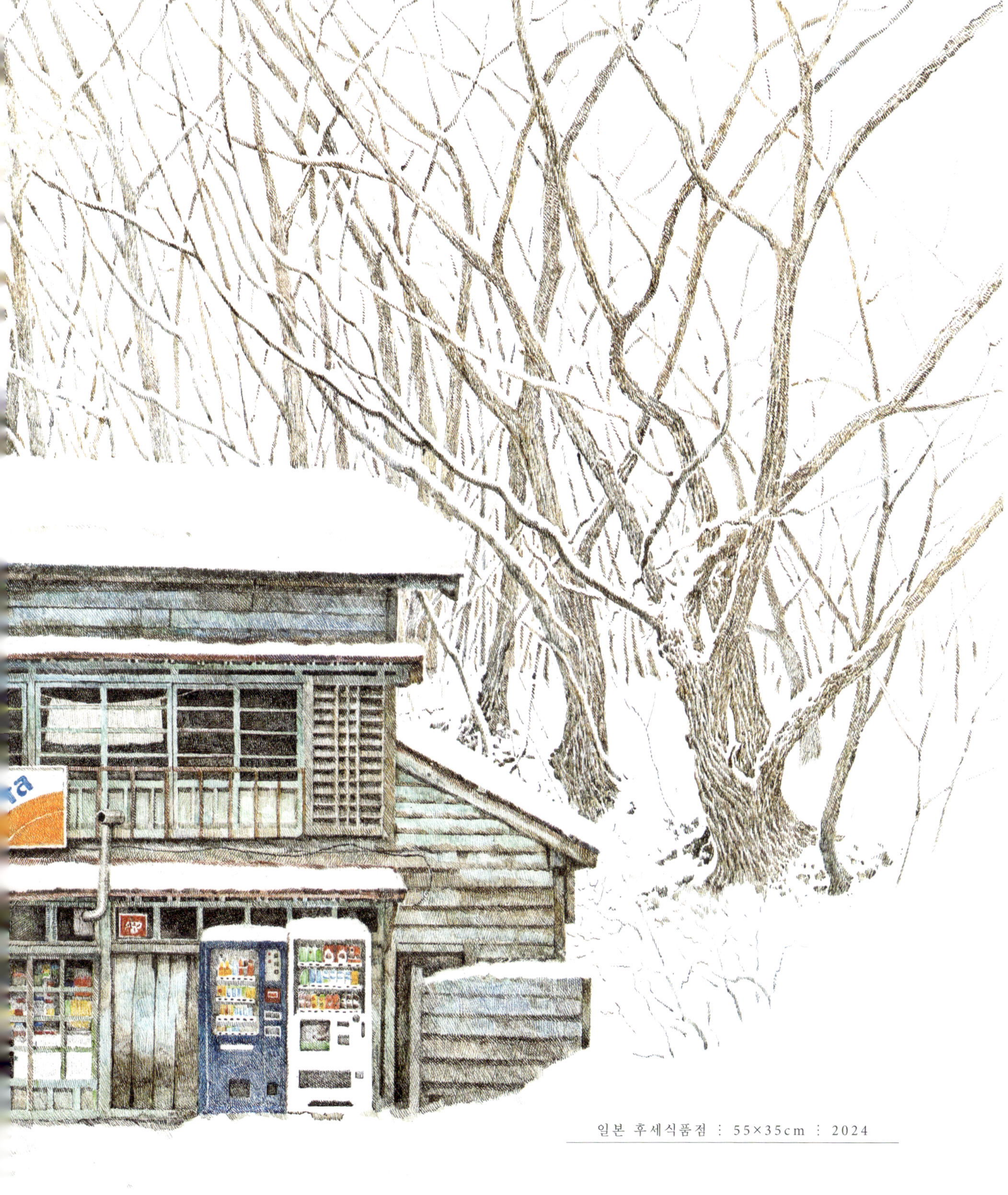

일본 후세식품점 ː 55×35cm ː 2024

눈이 쌓이면 더

늦여름, 미나미구 다키노에 있는 77년 된 목조건물의 가게를 보고 싶어 삿포로에 갔다.
열차를 타고 마코마나이로, 마코마나이에서 한 시간에 한 번 오는 다키노행 버스를 탔다.
버스 기사님과 소통이 어려워 잘못하면 엉뚱한 곳에 내릴 뻔했다. 버스에서 내리자마자
이미지로만 보았던 가게를 눈앞에 마주하는 기쁨은 매번 말할 수 없이 감격스럽다.
겨울이면 눈이 수북이 쌓이는 지역인데도 이 목조건물은 다른 가게들에 비해 크고 건재했고
오래된 간판은 가게의 시간을 고스란히 머금고 낡아 있었다. 마침 주인아주머니께서도
가게에 계시니 오늘은 운이 좋은 날이다. 음료수를 사면서 한국에서 가게를 보기 위해
왔다고 말씀드리니 깜짝 놀라시며 달달한 찹쌀떡도 함께 건네주셨다. 아주머니는 손수 키운
채소들과 꿀, 장아찌 같은 먹거리를 가게 옆에 차광막을 치고 팔고 계셨다. 내가 머무르는
동안에도 간간이 자동차가 멈춰 서고 음료수나 소박하고 싱싱한 채소들을 사 가지고 갔다.
가게가 외롭지 않은 것 같아 다행이었다. 돌아오는 다음 버스를 놓쳐서 두 시간 가까이 가게
앞에 앉아 아주머니께서 들려주는 이야기를 일본어 번역기를 통해 들을 수 있었다. 그림으로
그리고 싶다고 말씀드리니 가게 안에서 사진 한 장을 들고 나와 보여 주셨다. 사진작가가
찍은 눈 내린 가게의 밤 풍경이었는데 너무 아름다웠다.

풍성한 다키노의 늦여름을 기억하려고 가게 옆 커다란 갈참나무 아래 떨어진 도토리를 주워
호주머니에 넣어 왔다. 겨울에 다시 가고 싶었지만 눈 쌓인 가게를 그리는 걸로 대신했다.

일본 후세식품점(밤풍경) ⋮ 60×40cm ⋮ 2025

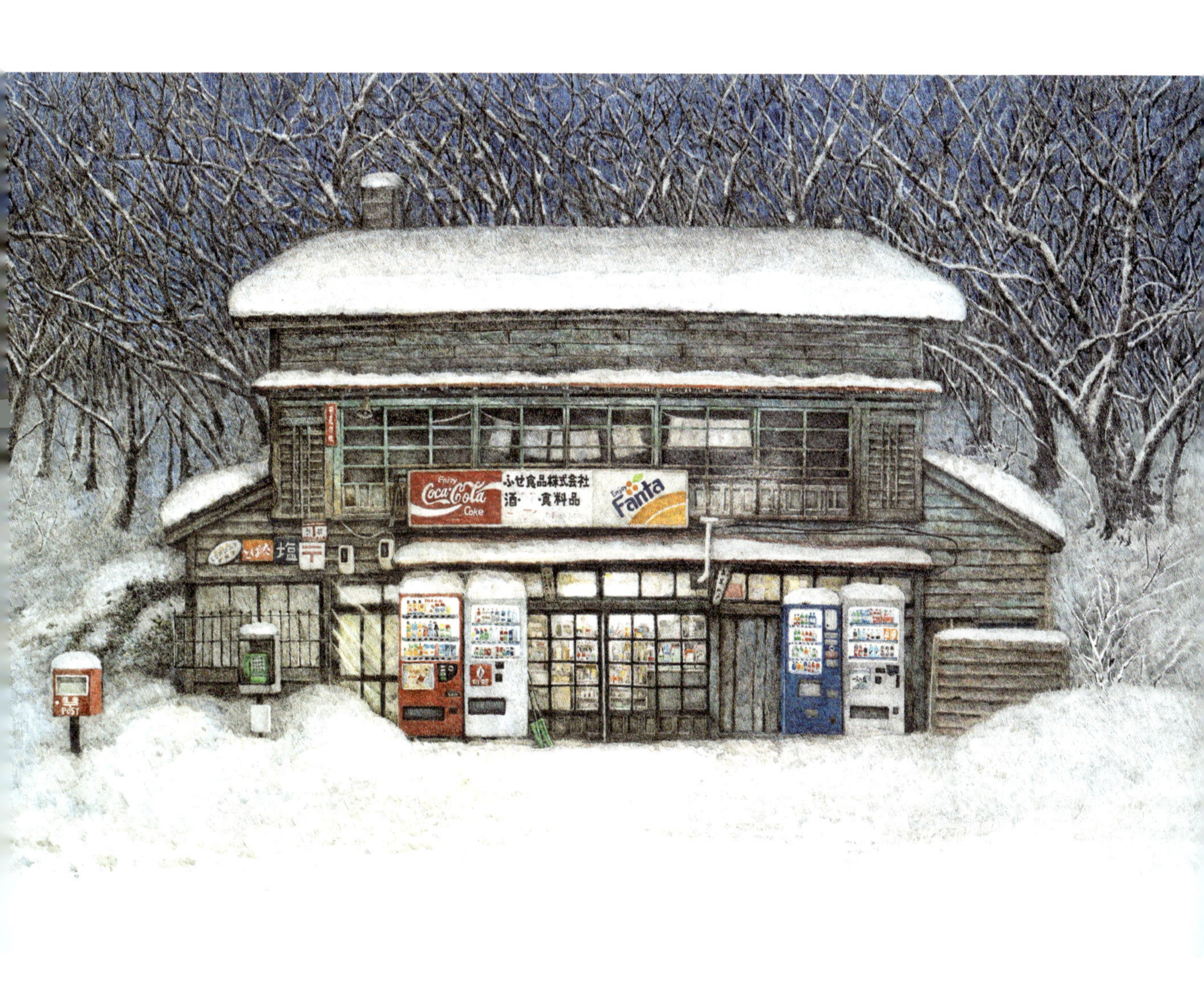
Coca-Cola
Coke
ふせ食品株式会社
酒・・食料品
Fanta
こばや
塩
POST

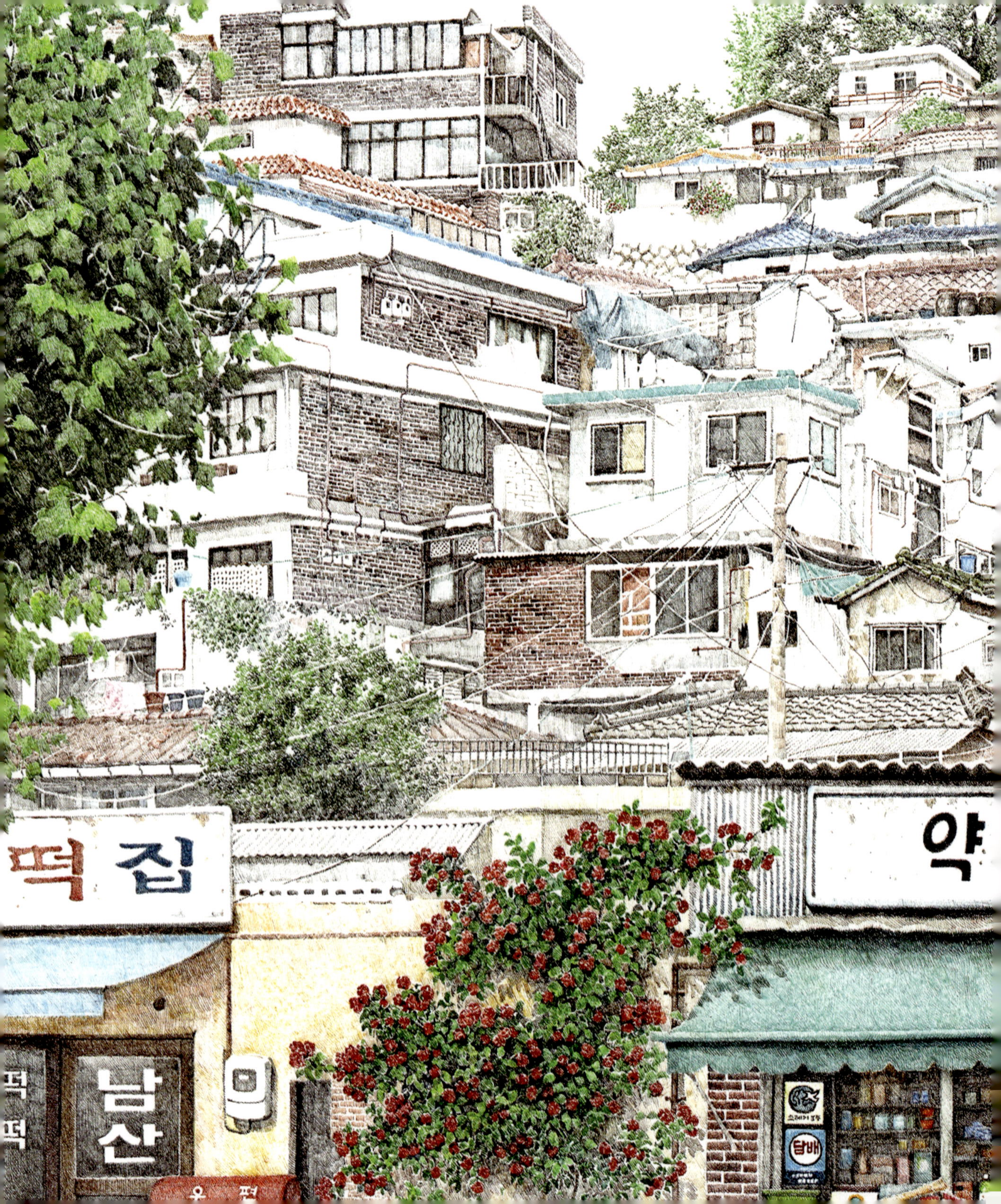

떡집
약
떡
떡
남산
우 편
담배

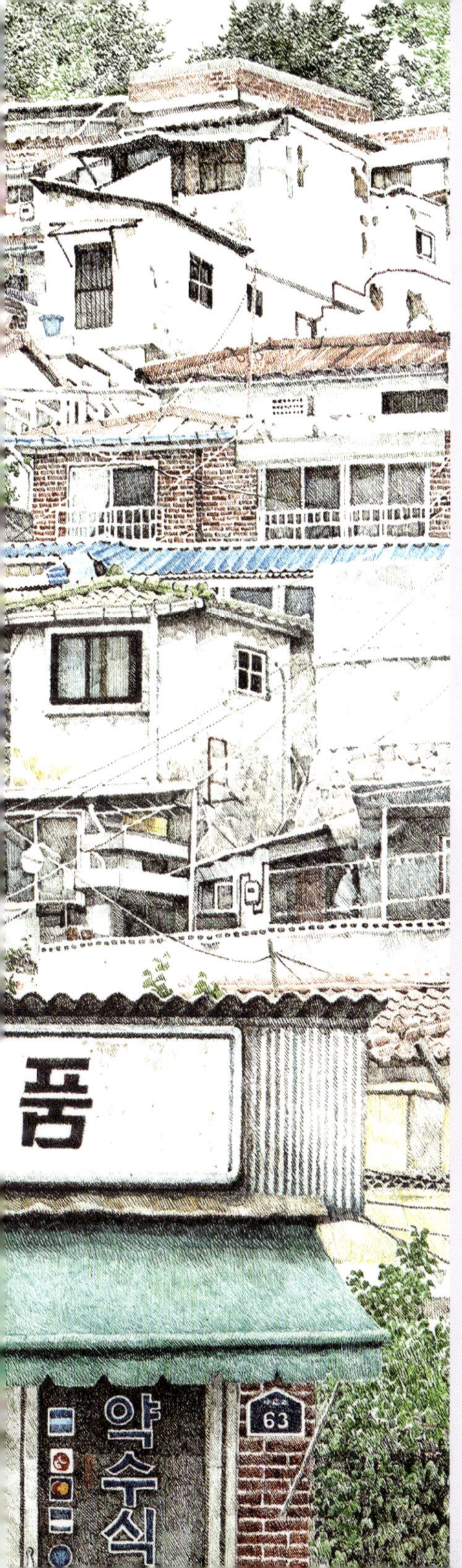

다시 돌아온

다정한 나의 마을

바다의 불빛은 등대구요.
마을의 등대는
구멍가게죠.

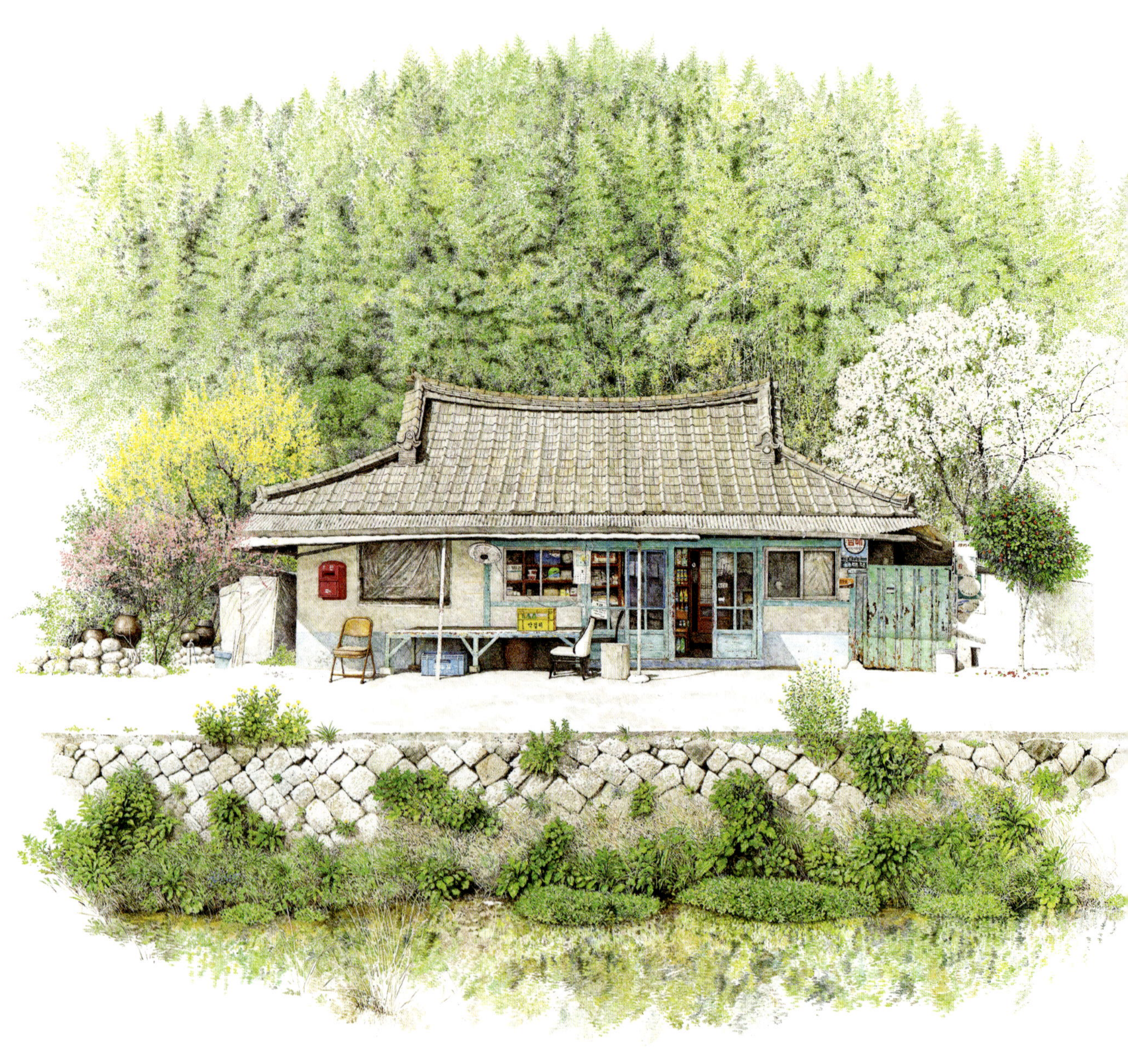

그림이 된 향매슈퍼

순천 해광로에 올망졸망 대여섯 채 남짓한 집들이 물길 따라 나란히 선 자그마한 마을,
매안교 위에서 바라본 봄날의 향매슈퍼 앞에는 시냇물이 바다를 향해 은은히 흐르고
포근한 햇살을 머금은 단아한 기와지붕 뒤로 완만한 둔덕을 이룬 촘촘한 대나무숲이 있다.
간간이 불어오는 미풍에 흔들리는 사락사락 댓잎 소리에 조용히 귀 기울여 본다.
이제 백발이 된 가게는 한세월 잘 살다가 그림에 스며들고 바람이 되었다.

붙잡을 수도, 놓을 수도 없는 이 마음을 어찌할까!

향매슈퍼 : 135×135cm : 2021

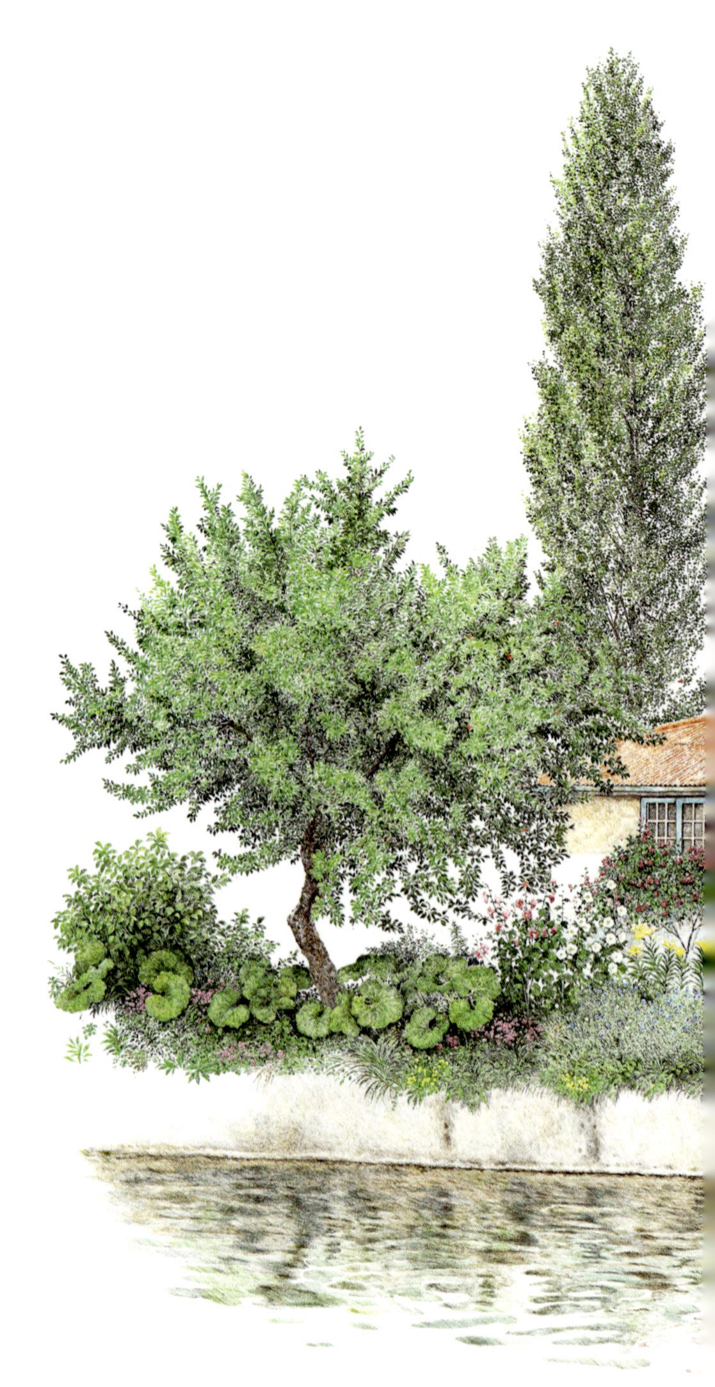

칠다리슈퍼 ː 165×120cm ː 2023

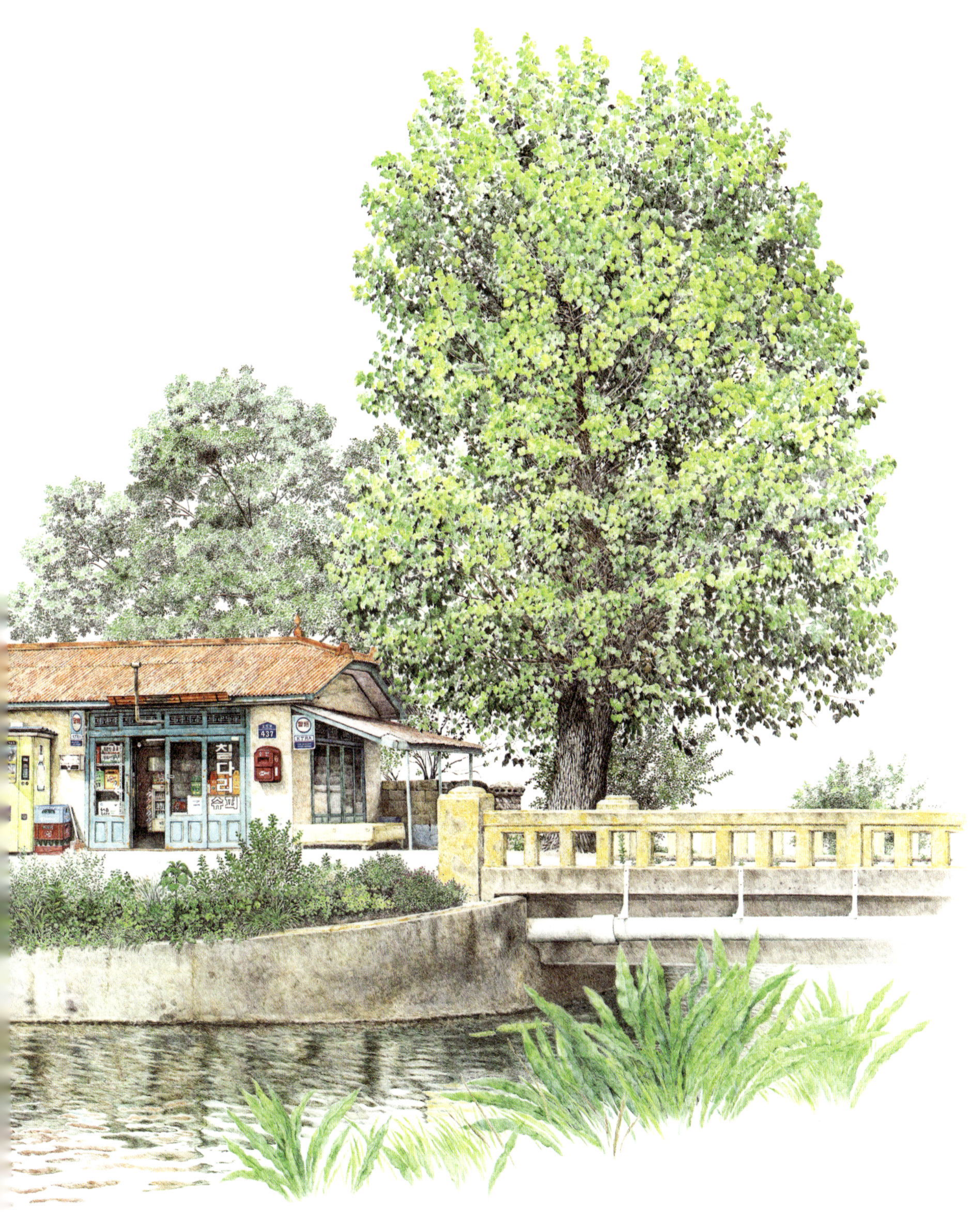
칠다리
슈퍼
437
우편
KTRA

가게가 이어 준 인연들

군산에 사시는 분이 알려준 칠다리슈퍼를 가야지 하면서 어쩌다 보니 두 번의 봄이 지나고 2022년 4월이 되어서야 만나러 갔다. 바람도 햇살도 순둥순둥한 봄날, 슈퍼 옆 커다란 포플러 나무엔 연연한 새잎이 자라고 바로 앞 노랗게 칠을 한 금당교 아래에는 네 갈래의 물줄기가 촉촉이 대지를 감싸듯 흐르고 있었다. 문이 닫혀 있어 주인 어르신을 뵙지 못해 아쉬웠지만 풍성한 나무와 함께 다정하게 가게를 그림에 담았다.

23년 7월 열린 개인전에서 공을 들여 가장 크게 그린 그림이 칠다리슈퍼다. 한 달쯤 되는 전시 기간 중에 내 나이 비슷한 여성분이 그림 앞에 오래도록 머무르다가 내게 주저하며 다가오더니 조심스레 "이제 이 가게도 나무도 없어졌어요"라고 했다. "다녀온 지 일 년 조금 넘었는데 그사이 사라지다니…" 슬퍼해야 할지, 그림으로 남아서 그나마 다행이라고 해야 할지 그저 황망해서 말을 잇지 못했다.

그분은 가게 근처에 고향 집이 있어 어릴 적 다리 아래 물가에서 놀았다고 했다. 그해 봄, 성묘하러 가면서 슈퍼가 헐린 걸 보고 너무나 속상했는데 우연히 전시 소식을 듣고 반가운 마음에 찾아왔다고 했다. 그렇게 말하는 두 눈가가 촉촉하게 젖어 들고 우리 둘은 손을 맞잡고 사라진 칠다리슈퍼를 회상하며 서로를 위로했다.

전시 마지막 날에 칠다리슈퍼 큰아들로부터 '그림으로나마 가게와 나무를 기억할 수 있게
해 주셔서 고맙다'는 메시지를 받았다. 나중에 알게 된 이야기를 덧붙이자면, 포플러 나무는
50년 전에 슈퍼 주인의 둘째 아이가 태어났을 때 삼촌이 심은 나무란다. 너무 커져서 진작
베어야 했는데 주인아주머니의 만류로 지금껏 함께하고 있었단다. 수로 공사로 집이 철거될
즈음 늘 가게 앞을 지켜오던 나무는 더 이상 미련이 없다는 듯 세상에 이별을 고하고 스스로
자연 고사했단다. 지금도 그 빈자리에 그리운 마음들이 머물다 가곤 할 것 같다.

칠다리슈퍼 작품을 본 어느 관람객이 블로그에 남긴 후기 글을 봤다.

'생을 갈아 만든 작품'엔 따뜻한 구멍가게와 뜨거운 생명 한 덩이가 담겼다.

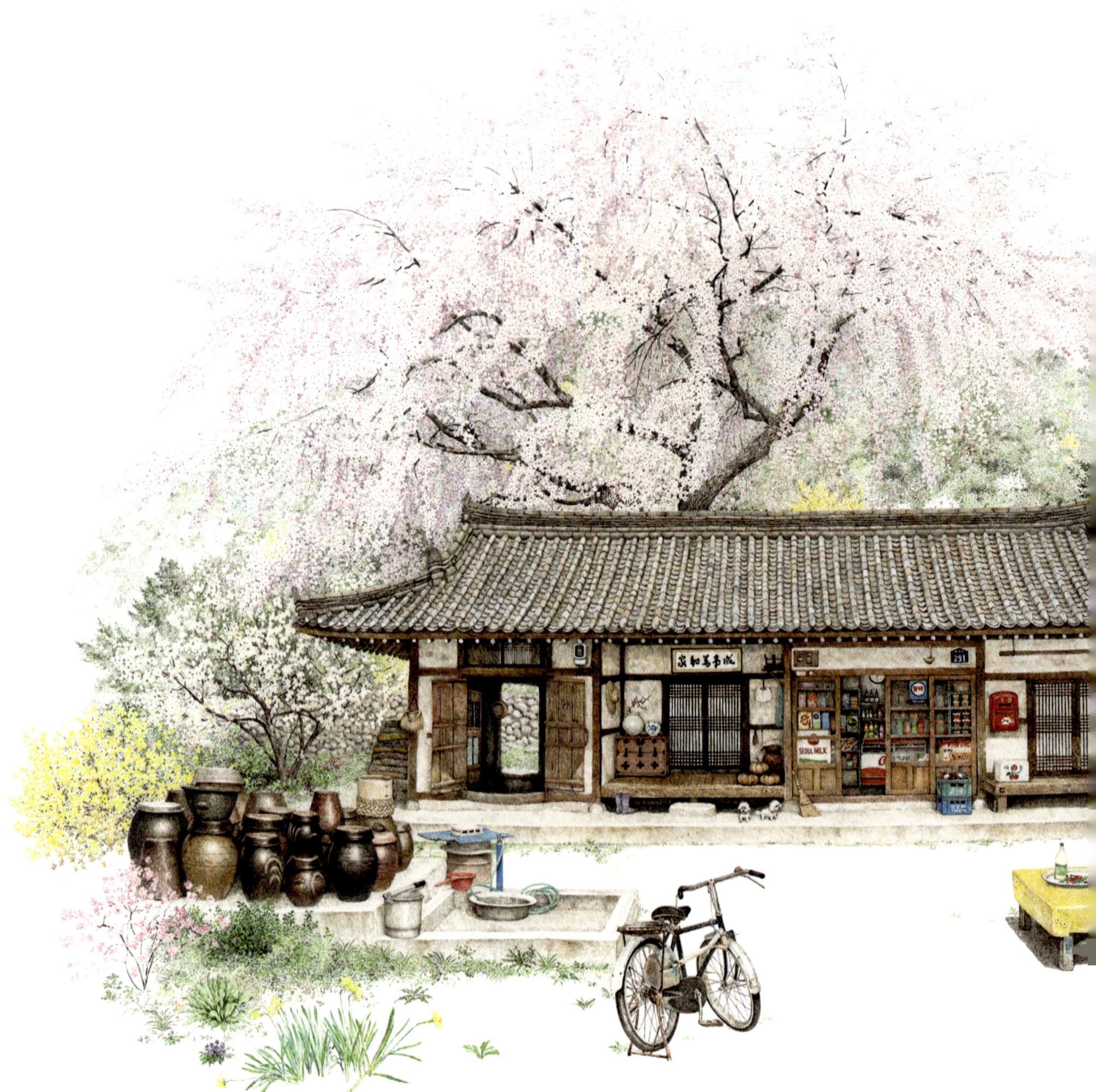

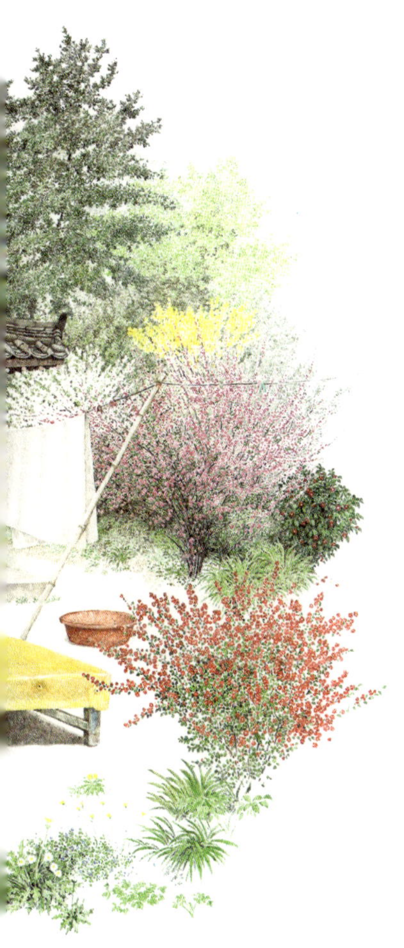

가화만사성

가게 주인 어르신은 아침 일찍 대문 빗장을 열어 두고 마당을
깔끔하게 쓸어 놓으셨다. 자전거를 타고 동네 한 바퀴 둘러보며
하루를 시작하신다. 평상 위를 보니 새참쯤에는 막걸리
한잔하시려나 보다. 안으로 가까이 다가가면, 가게 물건들이
정갈하게 놓여 있고 마루 위에 걸려 있는 가회만사성 현판이
눈에 들어온다. 예전에는 대가족이 아옹다옹 모여 살던 때라
다사다난한 일들이 하루가 멀다고 있었으니 마음에 새겨들어야
할 문구였다. 한 울타리 내에서 위계질서가 엄연해 어른들이
모범이 되어야 했기에 어깨에 무거운 짐을 지고 살았다. 지금은
핵가족화되어 그 의미가 이웃사촌과 함께 살아가는 공동체
의식으로 이어지고 있지만 화和의 기운이 오래도록 삶에 보탬이
되길 바라며 화창한 봄날가게를 그렸다.

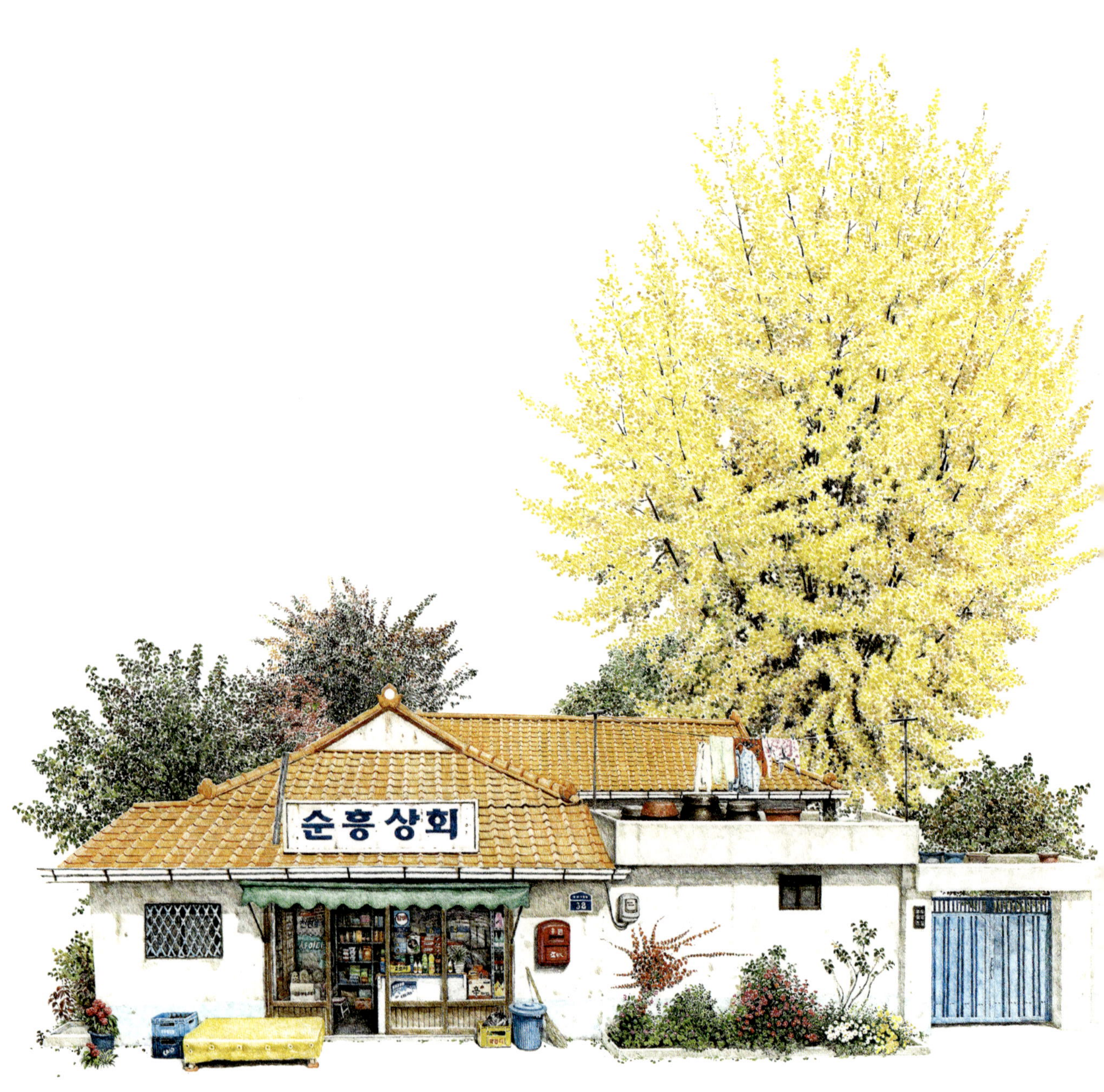
순흥상회
38

닮는다는 것

형질이나 종種이 달라도 닮아 갈 수 있다. 같지 않지만 어울린다는 뜻이다.
사물, 사람, 부부도 오랫동안 같이 살면서 시간이 흐르면 흐를수록 닮아 간다.
리듬을 같이하며 한 공간에서 같은 결의 숨을 쉬고 함께 잠들고 깨어나기 때문이다.
따사롭게 햇살이 내리쬐는 가을, 은행나무와 순흥상회는 비슷한 모습으로 나이가 들었다.
다홍색 지붕이 겨울을 준비하며 떨어지는 노오란 은행잎을 보듬어 감싸안아 줄 것 같다.

순수한 가을색이다.

순흥상회 ：65×65cm ：2023

평상

집안에 감이 하나둘 익어 갈 때면
어김없이 10월이 온다.

'설마 저 담벼락 평상에 누워
홍시가 떨어지기를 기다리며
입 벌리고 있는 사람은 없겠지!'

반듯하게 차려놓은 가게 앞 평상 위에
할아버지는 떨어진 감을 주워
가만히 올려놓으셨다.

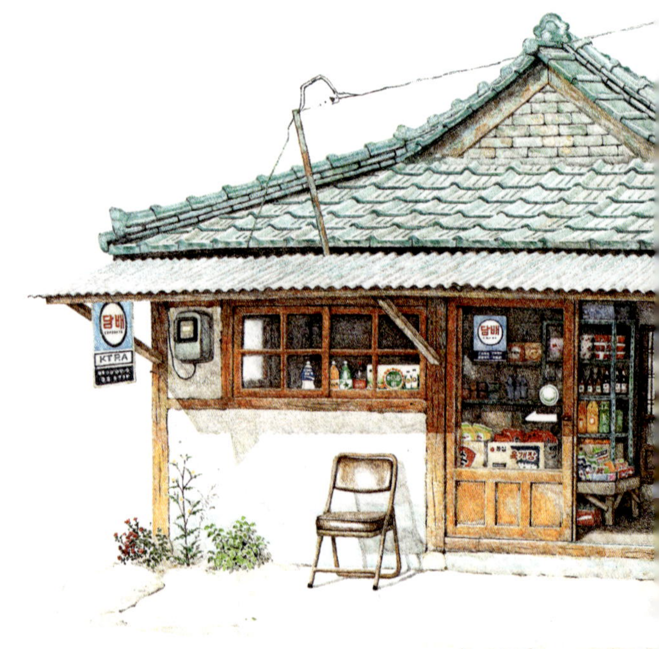

호남상회 ∶ 100×65cm ∶ 2023

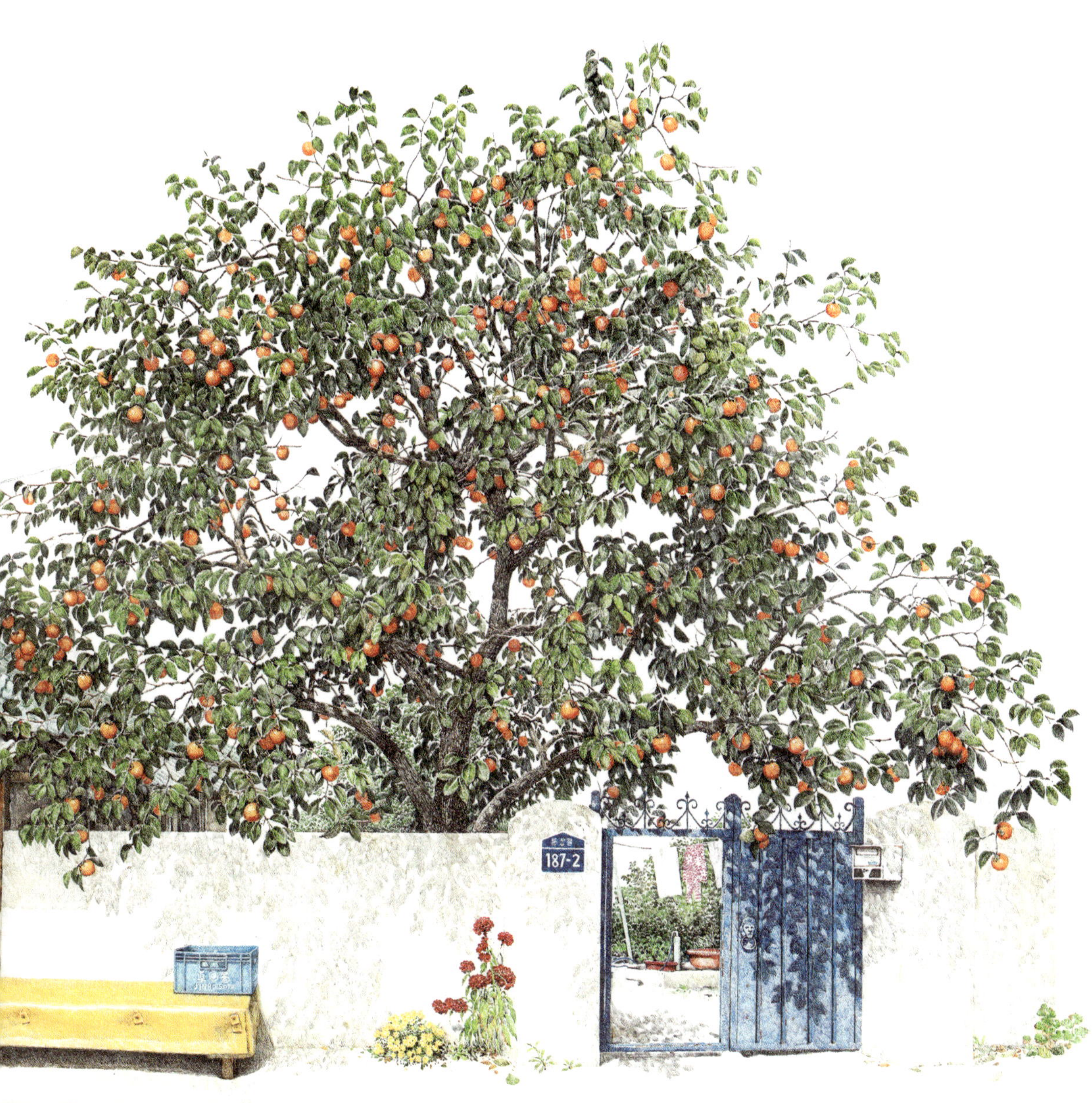
187-2

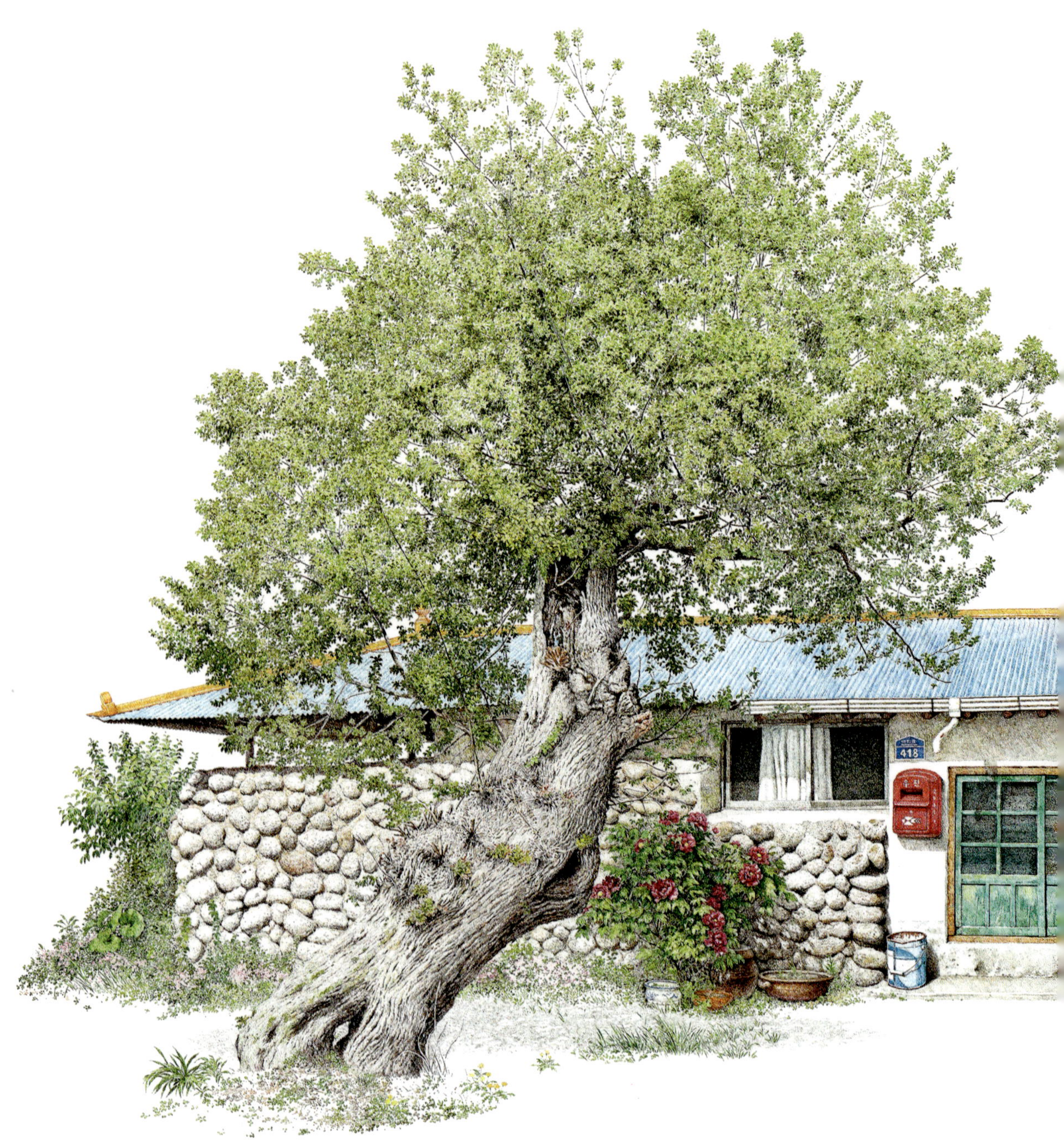

418

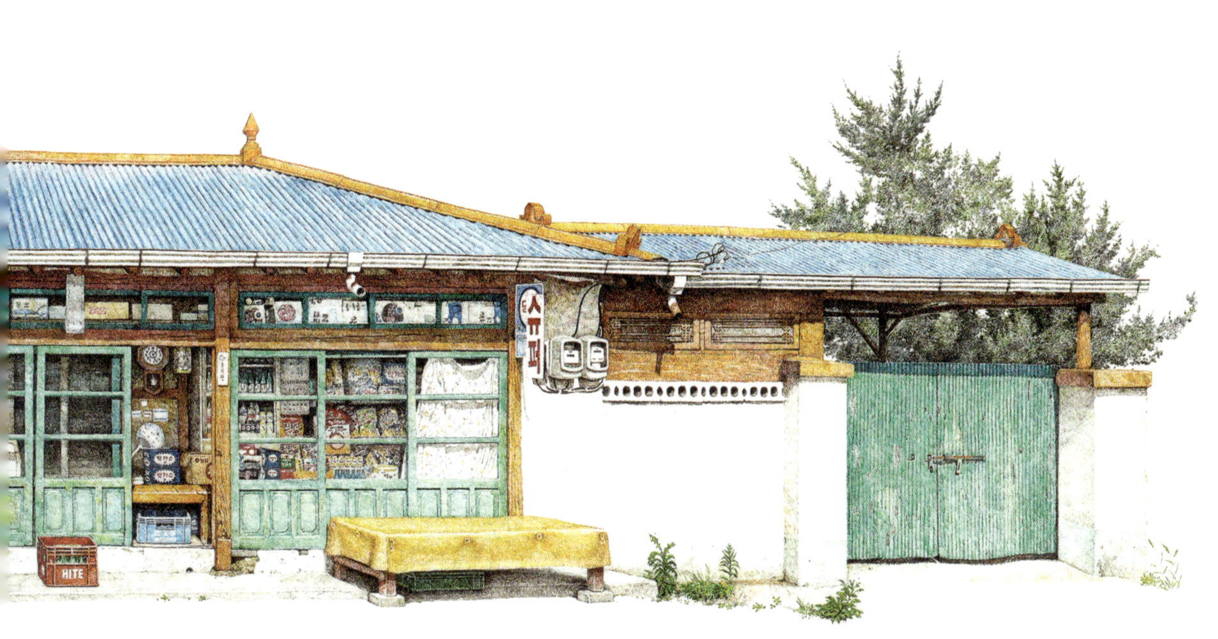

백학로 418 ⋮ 194×97cm ⋮ 2021

고향집이 그리워

쫓비산 아래 수어천을 따라 오르면 정겨운 풍경의 백학로 418 가게가 있다.
고향이 광양인 지인이 보내온 사진을 보고 반한 가게인데 간판도 없고 이름도 모르니
주소로 가게를 부르게 되었다. 그동안 산 너머 매화 마을과 하동 섬진강 마을을 두서너 번
다녀가면서도 이곳은 지나쳤나 보다.

봄의 끝자락에 찾아간 가게는 다행히 문이 열려 있었다. 미닫이문을 열자 딸랑이는 종소리가
울렸다. 인기척을 듣고 쉰이 좀 넘은 듯한 주인이 방문을 열고 나왔다. 길게 2평쯤 되는
가게 안의 좁다란 쪽마루 위에 이런저런 살 만한 물건들이 가지런히 진열되어 있었다. 몇
해 전 어머님이 돌아가시고 부산에 살던 아들은 어머님의 손길이 배어 있는 가게 문을 차마
닫지 못하고 고향 근처로 일터를 옮겨와 가끔씩이라도 가게 문을 열고 있다고 했다. 민박집
손님들과 동네 분들이 종종 찾아오고 어치계곡에서 물놀이하는 여름철이면 제법 장사가
된다고 한다. 열린 문 사이로 살짝 보이는 가게 안쪽 마당을 궁금해하자 흔쾌히 대문을 열어
안으로 들여보내 주었다.

이 집은 전형적인 시골집 점방이다. 대문을 열고 들어서면 널찍한 마당이 있고 그 마당 너머 아담한 안채가 있다. 안채는 방과 부엌, 작은 사랑방이 붙어 있고 오른쪽 옆에는 작은 헛간도 보인다. 마당 중앙에 나무로 만든 평상이 놓여 있고 왼편에는 널찍한 수돗가가 있다. 방금 줄에 널었는지 빨래에서 물이 뚝뚝 떨어지고, 찔레꽃이 늘어진 담벼락 아래 장독대와 이제 막 흙을 고른 작은 텃밭이 생활 공간과 함께 어우러져 있다. 대문 바로 옆에는 가게를 할 만한 공간을 따로 만들어 살림과 장사가 자연스럽게 이어지는 구조로 되어 있다.

둘러보고 있자니 내가 태어나고 자랐던 시골집을 떠올리게 된다.
이제 빛바랜 사진으로만 남아있는 고향 집, 아궁이에 군불을 지핀 뜨끈했던 방바닥의 온기가 그립다. 추억 가득한 이 집에서 오늘도 가게 문을 열고 있는 주인이 몹시 부러웠다.

백학로 418에는 황죽슈퍼라고 불리는 추억을 파는 가게가 있다.

봄을 알리는 소리

커다란 벚나무에 매달린 확성기가 마을을 향해
입을 벌리고 있다. 가끔은 라디오 주파수 오류로
지지직거리기도 하고 이장님의 마을 근황 알림 목소리가
정겹다. 귀 기울이면 오히려 잠잠하다가 살랑이는
바람이라도 불면 울리는 스피커 소리와 함께 꽃잎이
흩날린다. 멀리멀리 퍼지면서 온 세상에 봄을 알린다.

정든수퍼 앞에 핀 벚꽃은 내가 그린 것 중 으뜸이다.

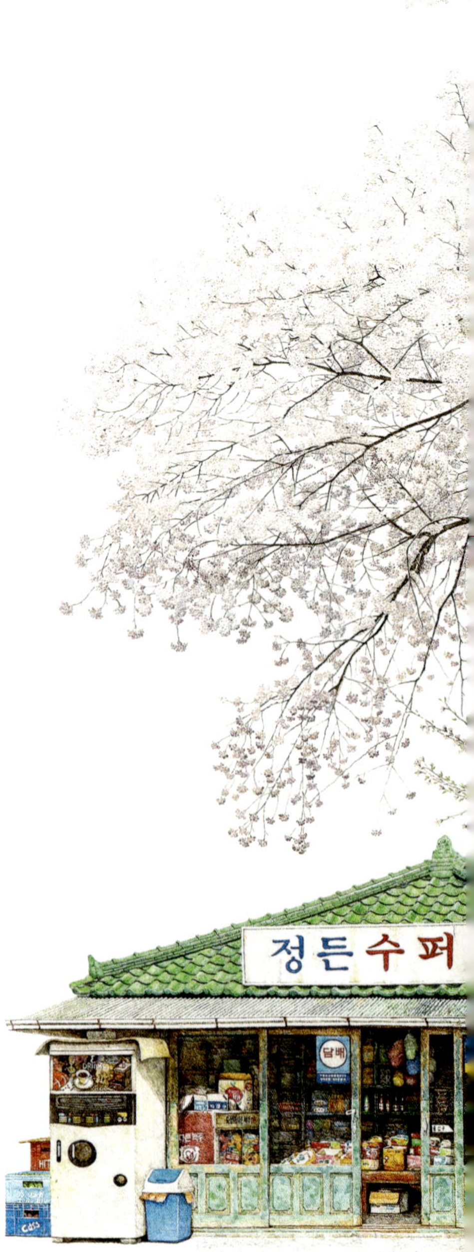

정든수퍼 : 162×122cm : 2020

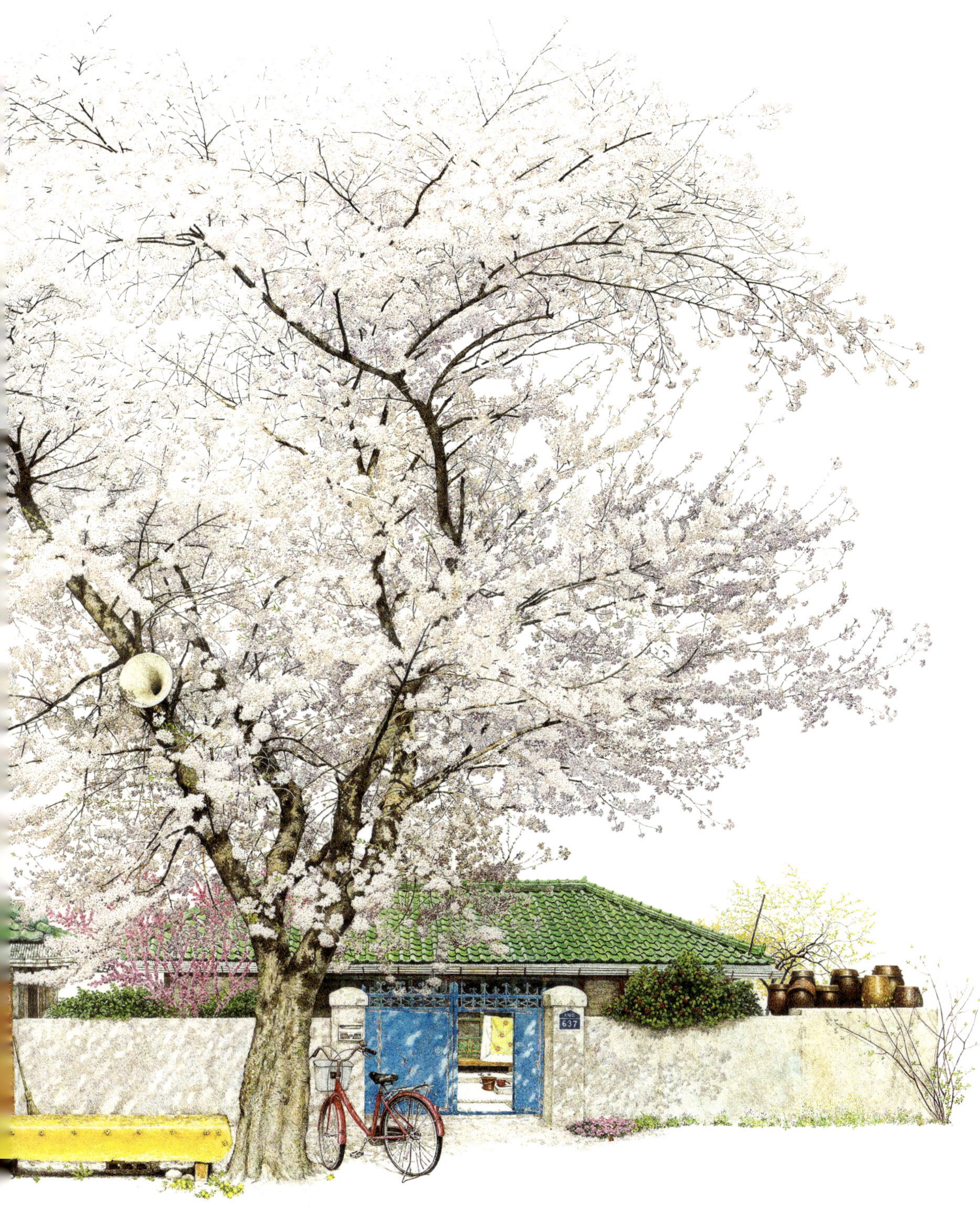
637

미로마을

미로未老 면의 미로는 '늙지 않는다'라는 의미로 불로不老와 같은 뜻이다.
이곳에선 그 누구도 더 이상 나이 들지 않는다기보다는 늙었다고 하기에는 지금도 너무
아름답다는 의미로 느껴졌다. 봄날, 삼척 미로면에 들어서면 구불구불 미로迷路를 헤맨다.

이제 막 깨어나 생기가 도는 대지는 기지개를 켜듯 아지랑이로 꿈틀거린다.
저 멀리에 미로슈퍼를 품에 안은 산기슭 마을이 보인다.
봄 햇살을 머금은 부드러운 산 능선을 따라 연둣빛이 잔잔하게 감싸고 가지마다 피어오른
꽃들은 눈이 부시게 곱다. 바람에 실려 오는 봄 향기에 취해 잠시 머문다.

그야말로 무릉도원이다.

미로수퍼 : 80×80cm : 2023

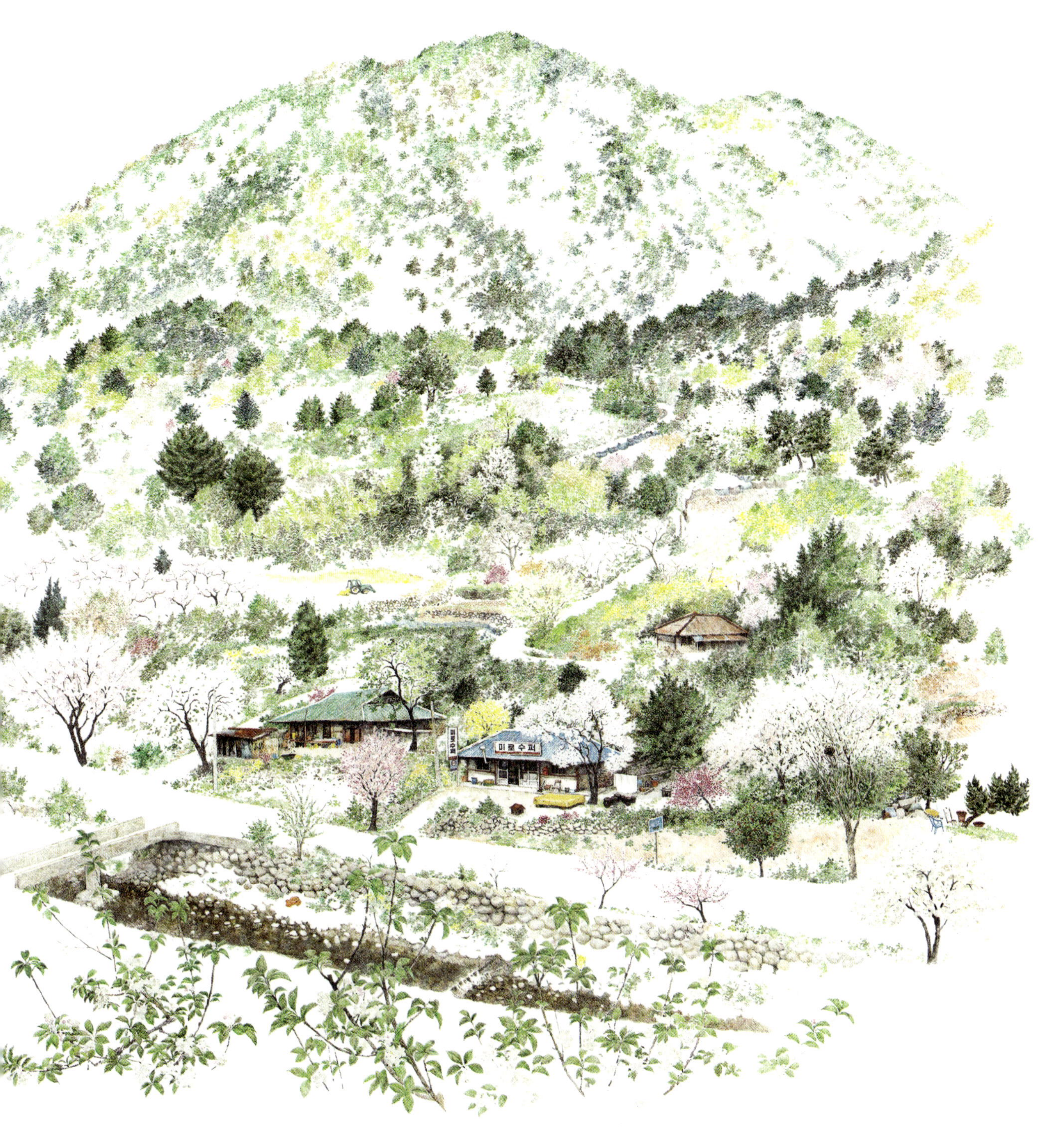
미로수퍼
미로수퍼

내 마음 속 유토피아

젊은 날엔 어디에 마음을 빼앗기고 살았는지 계절이 오고 가는 걸 전혀 알아차리지 못했다.
늘 돌아오는 계절이라 공기나 물처럼 그냥 곁에 있는 존재라고 여겼는지도 모르겠다.
봄이 오면 꽃구경을 하고 여름엔 계곡이나 바다로 피서를 떠나고 가을이 되면 단풍 구경
가는 일들을 TV에서 "올해는 상춘객이~인파가 몰리고~" 하는 뉴스 기사로 알 정도로
관심이 없었던 것 같다. 어디 여행을 가도 붐비는 시기를 피해 평일날이나 휑한 겨울에
주로 다녔다. 그래서 그런지 1998년~2010년에 그린 구멍가게 작품들을 보면 잎이 떨어진
앙상한 가지의 겨울나무가 자주 등장하고 적막하고 쓸쓸하게 느껴진다.
그때 내 마음이 그랬던 것 같다. 세상과 단절된 또 다른 내가 작품 속에 숨어들어 있었던
듯하다.

어느 봄날 하얗게 피어오른 아름다운 목련이 며칠 뒤에 지는 걸 보고 안타까운 마음에
그림으로 그려야겠다고 생각했다. 그렇게 갑자기 내 안에 계절이 들어왔다.
가만가만 그림 속 나무에 꽃이 피어나기 시작했다.

2012년에 친구가 운전하는 차를 타고 우리 둘은 강원도로 여행을 갔다. 별 기대 없이
떠났던 가을날, 처음으로 각양각색 채색된 나무와 산과 들을 봤다. 나중에 들었는데 그해가

유달리 단풍이 고왔던 해였다고 했다. '이토록 아름다울 줄이야! 늘 가까이에 있었는데 왜
그동안 눈뜬장님처럼 못 보고 살았을까!' 살짝 구름 낀 날이어서 색이 더욱 진하게 번졌다.
자연스럽게 물든 온유한 색들의 향연에 고요히 마음이 젖어 들었다.
'그래 이제 나도 나이를 먹었구나!'
계절이 오고 가듯 삶도 순리에 따라 흘러갈 수밖에 없다는 진실과 마주했다.
나에게 단풍 구경 가자고 했던 친구가 고마웠다. 지금도 가을이 되면 그 친구가 생각난다.

그 이후 점점 익어가는 내 나이만큼씩 가을, 겨울, 여름, 봄의 기운을 그림에 담게 되었다.
양촌상회가 있는 배경은 그날 다녀왔던 강원도 태백의 어느 산 중턱 길가에 멈춰 서서 멀리
바라본 가을빛 산비탈 마을의 풍경이다. 그 감동을 되도록 그대로 담고 싶어 몇 곱절은
고민하고 온 마음을 다해 정성을 쏟았다. 산허리에서 구불구불 이어 내려오는 오솔길
옆, 막 수확을 끝낸 배추밭에 은행나무가 금빛으로 반짝이고 빨갛게 타오르는 단풍나무,
연갈색으로 물든 떡갈나무 사이사이 여전히 푸르른 소나무와 전나무들은 이제야 자기만의
고유한 빛깔을 선명히 드러낸다. 드문드문 집들이 함께 어우러져 한적하고 평화롭기
그지없다.

양촌상회 마을은 시간이 멈춘 듯 고요한 내 마음 속 유토피아다.

너무 빠르게 변화하는 세상에서 조금만 한눈을 팔아도 휘청이게 된다. 나만의 방식대로
속도대로 살고 싶어도 마음과는 다르게 어쩌지 못하는 일들에 떠밀리기도 발목을
붙잡히기도 한다. 말이 너무 쉽게 퍼지고 다르게도 전달되기에 세상과 적당한 거리를 두고
작업실에서 고요히 머무를 때가 있다. 그림을 들여다보면 여기 어딘가에 살며시 스며들고
싶다는 생각이 든다.

밭고랑 옆 휘어진 산길을 텅 빈 배낭을 짊어지고 기다랗고 이상한 호두나무 지팡이를 쥔
채 잰걸음으로 걷고 있는 좀머 씨가 있다. 나는 커다란 느티나무 위에 올라 저만치 세상을
등지고 끊임없이 달아나고 있는 좀머 아저씨를 바라보는 소년이 된다.
"그러니 제발 나를 좀 그냥 놔두시오!"라고 외치는 좀머 씨가 이 마을 길을 걷는다면
상처받은 마음에 조금은 위로가 되진 않을까?

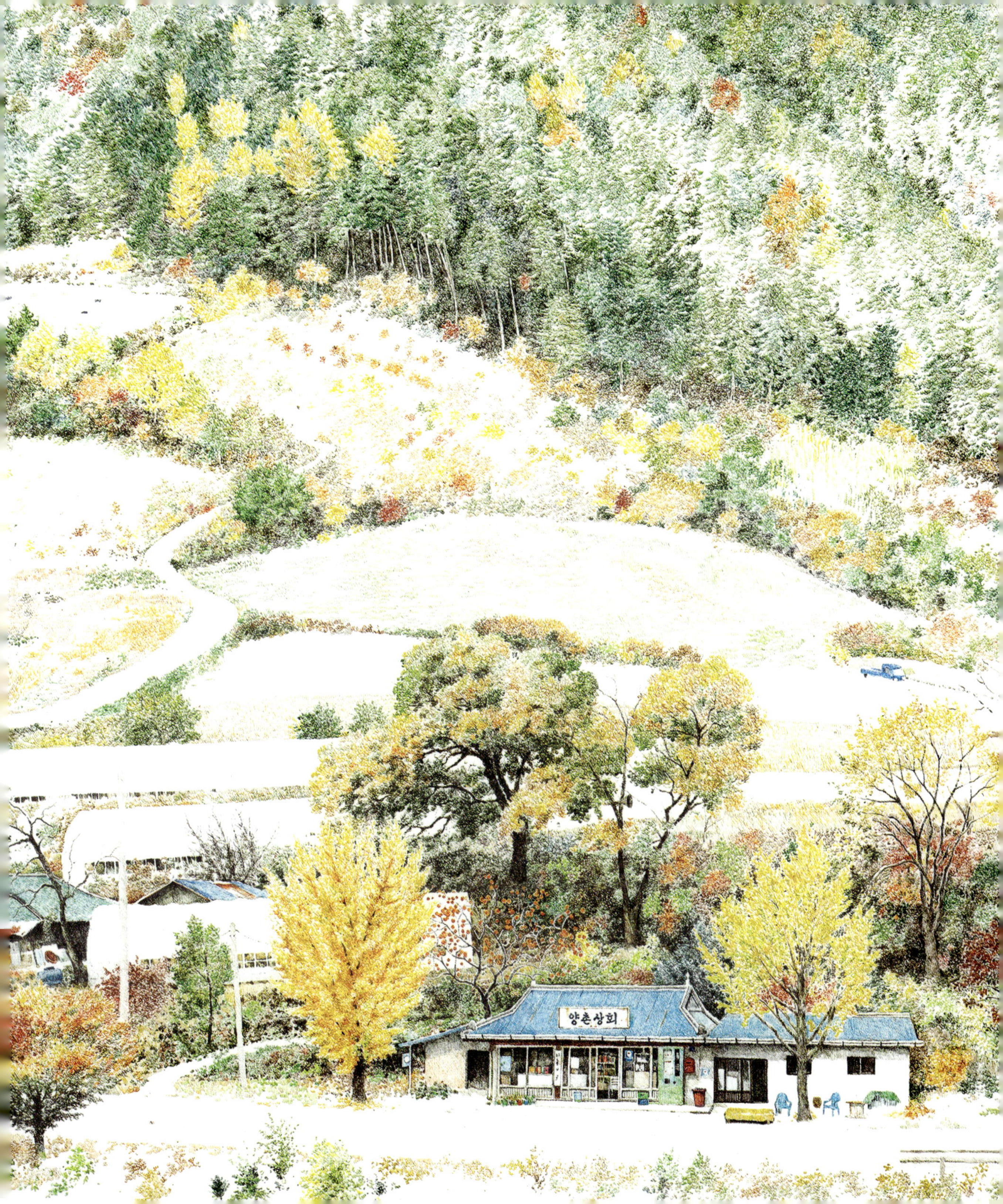

양촌상회

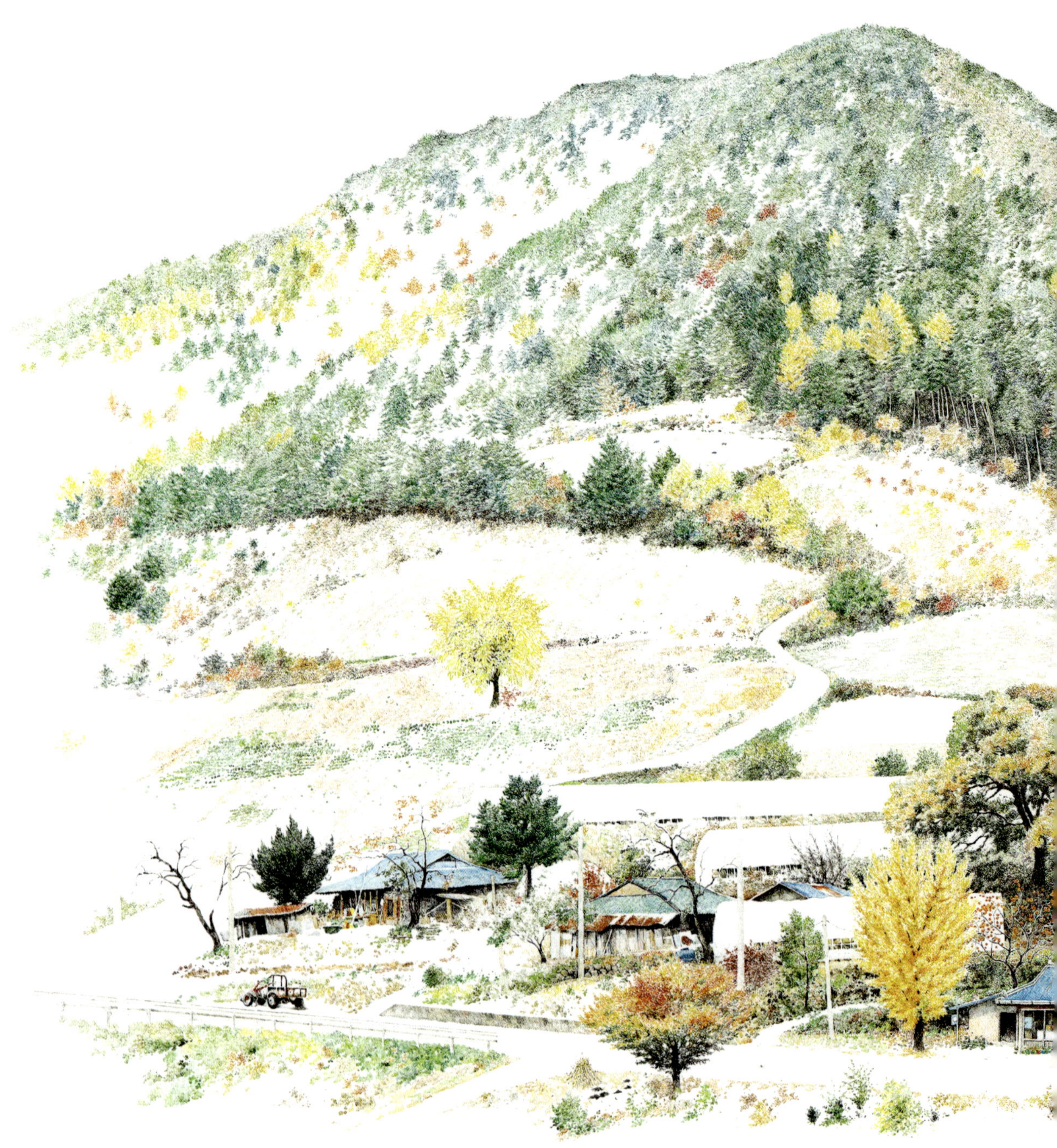

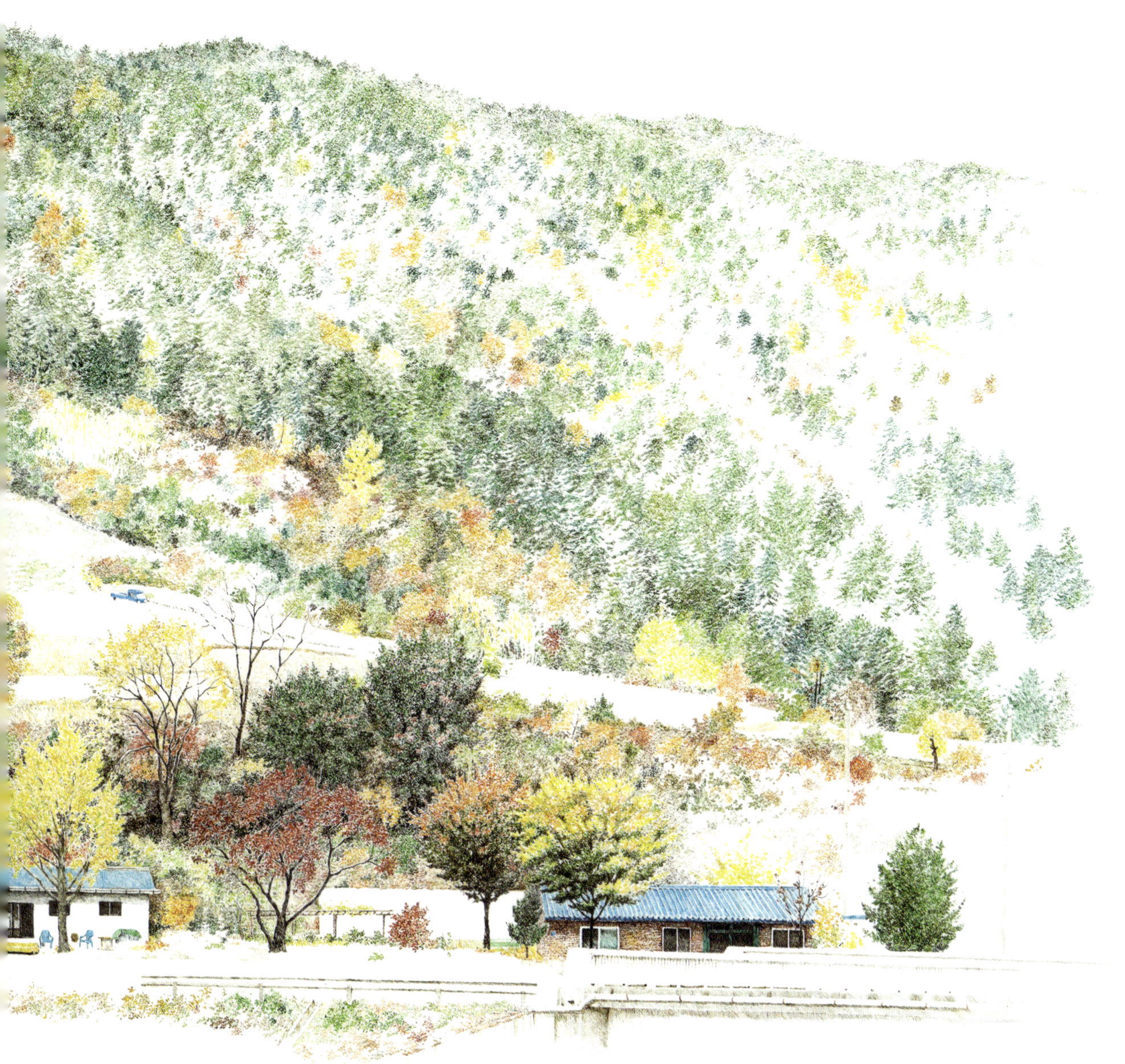

양촌상회마을 ∶ 135×75cm ∶ 2023

외진 산골 마을

날은 찬데 하얀 솜이불을 덮은 듯 세상이 조용하고 포근하다.
눈길을 따라 걷다 보니 산 아래 작은 가게 앞 연통에서 몽실몽실 장작 타는 냄새와
군고구마 향이 피어오른다.
나무에 매달린 간판이 바람에 '삐거걱 삐거걱' 흔들리고
다가선 김 서린 유리창엔 뿌연 손자국이 보인다.

문을 열고 들어서면, 가게 안은 구수하고 달큰한 냄새와 함께 쿰쿰한 온기가 가득하다.
작은 장작 난로 위에 놓인 주전자가 조용히 끓고 있다.
결 패인 나무 기둥엔 사람들이 두고 간 기억들과 함께 손때 묻은 거래 장부가 걸려 있다.

꽃무늬 누비 조끼에 분홍 털모자를 쓴, 허리 굽은 할머니께서 반갑게 웃는다.
“뭘 좀 드릴까?” 천천히 주전자의 보리차를 조심히 따라서 김이 오르는 잔을 건네신다.
두 손으로 감싼 찻잔을 ‘후 후’ 불어 조심스레 ‘호르르’ 마신다.

창밖, 까치 한 마리가 ‘푸드덕’ 날아오르니 나뭇가지에 간신히 매달렸던
하얀 눈꽃이 화들짝 놀라 장독대 위로 ‘후드득’ 떨어진다.

눈 내린 오후, 고산슈퍼에 잠시 머물다 가기에 참 좋은 날이다.

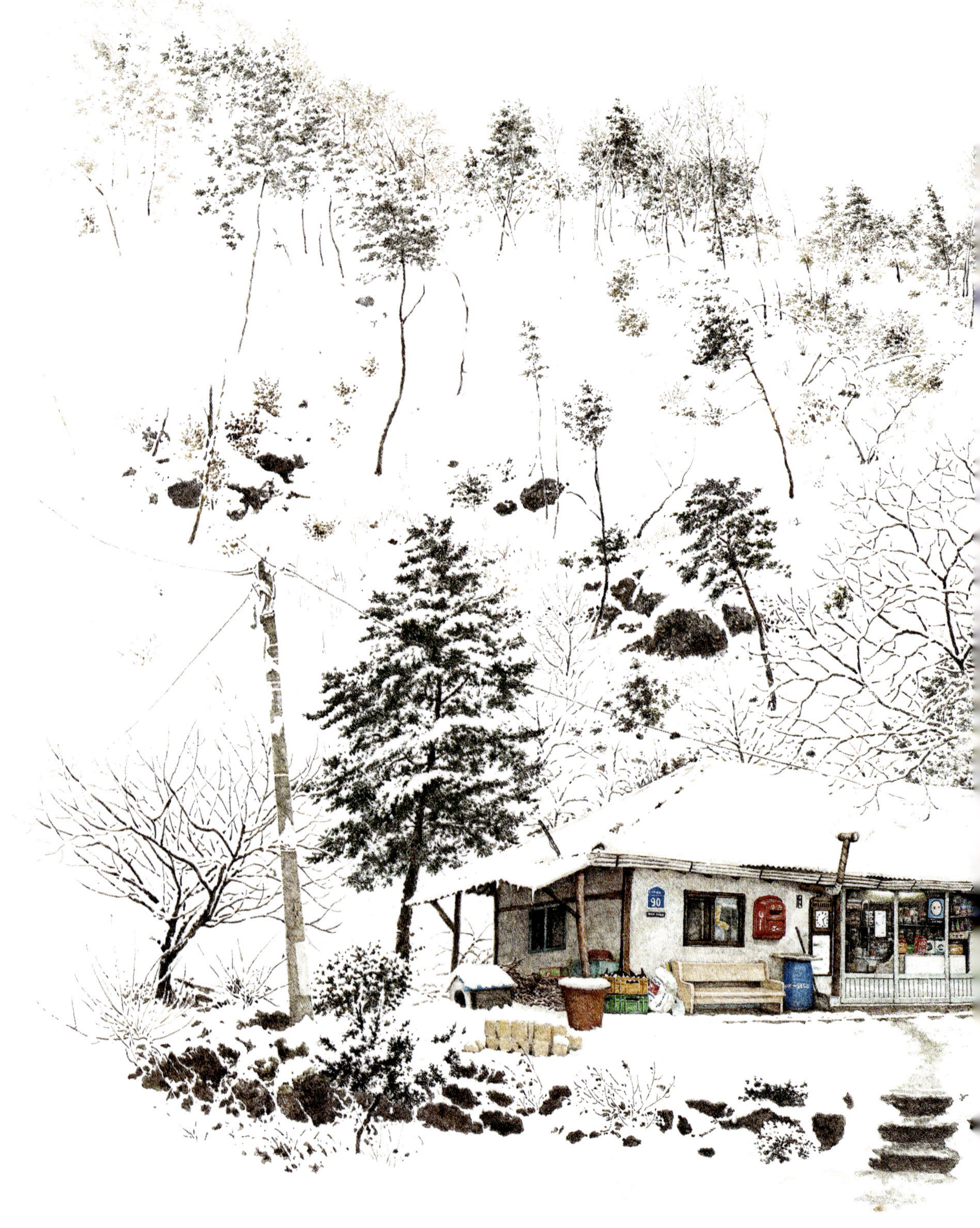

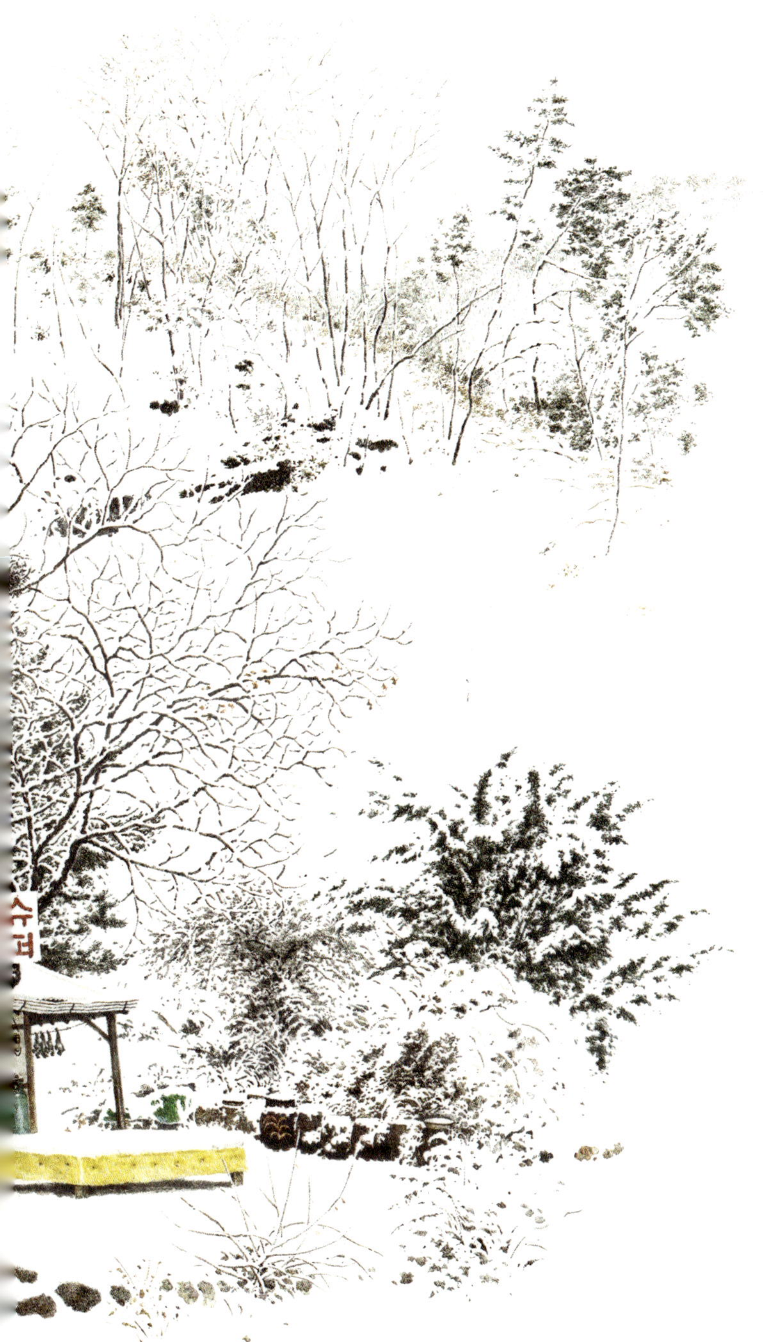

고산슈퍼 ┊ 91×72cm ┊ 2021

창신동에서

이화동 마을에서 낙산 성곽으로 오르면 맞은편 언덕에 채석장
절개지를 끼고 집들이 빼곡히 들어선 창신동 마을이 한눈에 들어온다.
깎아지른 화강암 절개지는 다듬다가 멈춘 성채처럼 보인다. 도성의
화강암 채석장으로 쓰였던 산 정상 부근에는 아직 아물지 않은 상처의
흔적이 남아 있다.

마을 언덕 위에 올라가면 동네의 터줏대감 만물슈퍼가 있다. 바로 앞
공원 맞은편 집들 사이로 좁고 가파른 긴 계단이 나온다. 절개지를
끼고 이어진 계단을 내려가다 보면 저 아래 고만고만한 지붕들이
퍼즐처럼 맞닿아 있다. 옥상 텃밭에는 크고 작은 화분들이 놓여
있고 만국기처럼 펄럭이는 빨래들과 장독대도 보인다. 삶에 필요한
잡동사니 물건들이 정겹게 펼쳐진다. 담벼락을 끼고 좁은 골목이 다시
이어지고 길을 따라 시선을 옮기다 보면 가파른 언덕을 오르는 막다른
곳에도 집들이 보인다. 이 산비탈에 의지해 치열하게 살았던 사람들의
지나온 시간들이 저기 어딘가에 머물러 있는 듯하다.

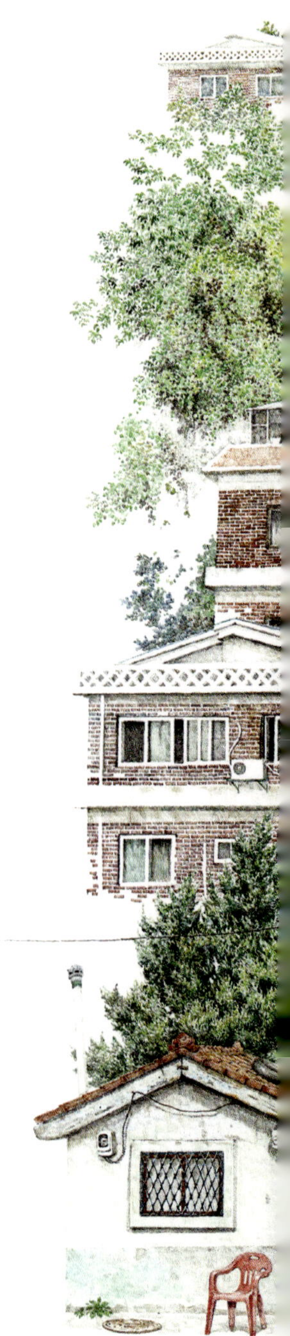

길목슈퍼 ∶ 80×80cm ∶ 2024

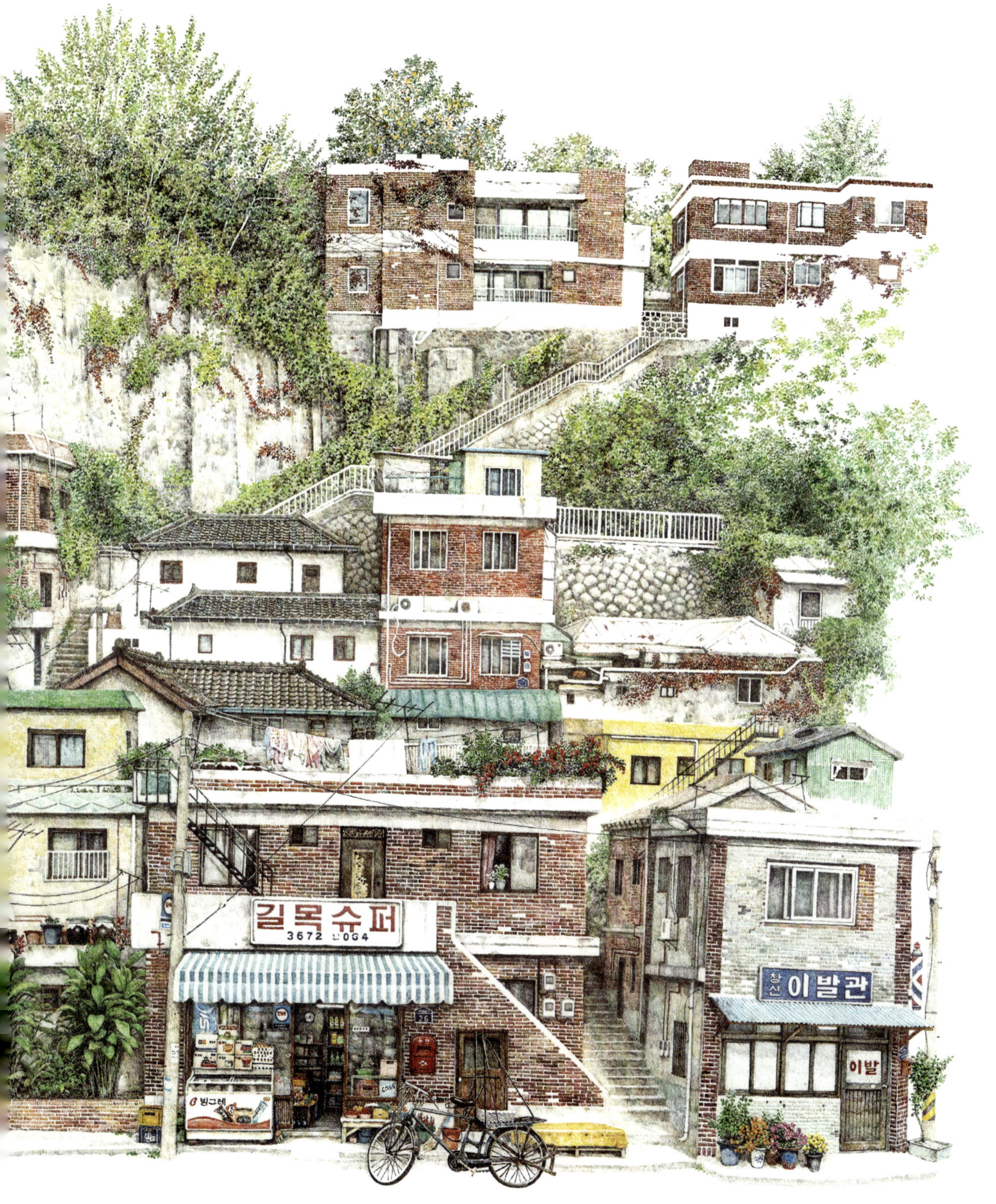
길목슈퍼
3672 0G4
창신 이발관
이발

이곳에서 창신동 독거노인들에게 식사 봉사활동을 하는 손길이 있다. 이른 아침부터 정성껏
준비한 음식이 식지 않도록 절벽 마을 좁고 비틀린 골목골목을 부지런히 오르내리며
도시락을 전해드린다. 노인들에게 온정 어린 따뜻한 도시락은 반가운 소식처럼 하루의
기다림과 희망일 듯하다. 계단 앞에 멈춰 서서 가쁘게 숨을 고르시는 할머니를 만났다.
찬거리가 담긴 바퀴 달린 장바구니를 왼손으로 붙잡고 다른 한 손으로는 지팡이를 짚은
할머니가 불편한 다리로 계단 앞에서 오도 가도 못하고 계신 듯해서 번쩍 장바구니를 들어
계단 끝 철문 앞에 놓아드리자 연신 고맙다고 하신다.

경사진 길을 좀 더 내려오면 작은 동신슈퍼가 보인다. 슈퍼 아저씨는 이곳에서 몇십 년

동안 장사를 해 오고 계신다. 의류시장이 한참 활기 넘쳤을 때는 봉제공장에서 일하는 외국인 노동자들이 많아 장사가 잘되었다고 한다. 해가 서쪽으로 살짝 기울고 슈퍼 앞에는 동네분들이 플라스틱 의자에 앉아 한가로이 담소를 나누고 있다. 길을 걷다 보면 어딘가에서 미싱 소리가 들리고 가끔 원단을 실은 오토바이가 바삐 골목을 내달린다. 외국인 여성 몇 분은 골목 담벼락에 기대어 잠시 햇볕을 쬐며 쉬고 있다. 봉제 골목을 지나 안양암으로 가는 당고개 길에서 미니슈퍼를 만났다.

창신동 절개지 마을에도 동네 사람들과 동고동락하는 구멍가게들이 있고 정을 나누고자 하는 따뜻한 마음들이 오늘도 쉼 없이 골목을 오고 간다.

좁다란 오르막 골목길 옆, 나란히 처마를 맞대고 위아래 층층이 앞집 정수리와 윗집 담벼락 사이사이 얼굴을 내민, 어디 하나 그늘진 곳 없이 공평하게 하늘을 올려다보는 집들.

멀리서 보니 그저 그림 같다.

"자, 모두 김~치!"

'찰칵'

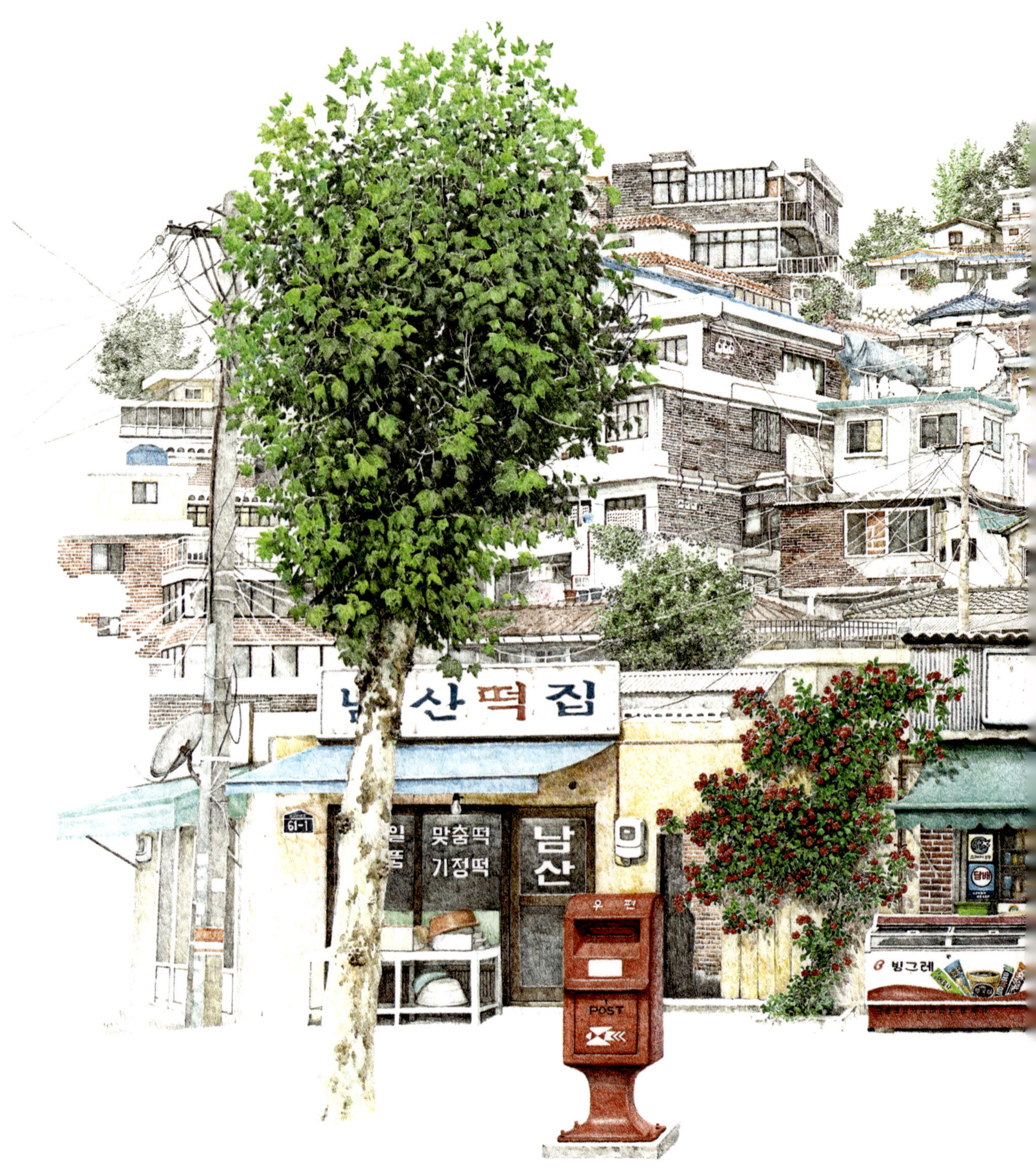
남 산 떡 집
61-1
일 맞춤떡
떡 기정떡
남산
우 편
POST
빙그레
담배

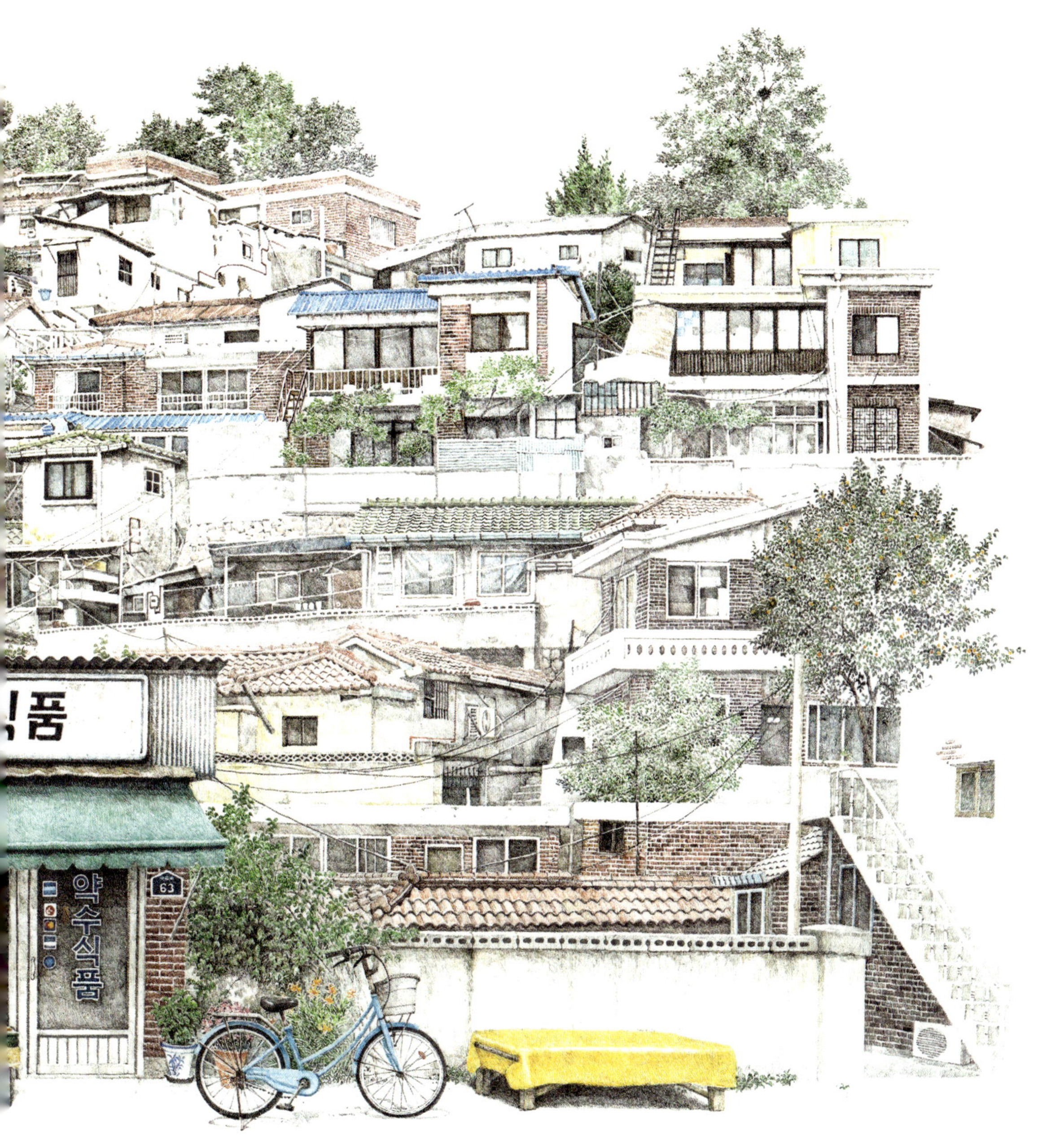

약수식품 ┊ 100×65cm ┊ 2025

에필로그 경계를 넘어서

아주 오래전 예닐곱 살 무렵, 제천 애련리 고향 집에서 공전역으로 가려면 5리쯤
떨어진 한치마을을 지나 험한 마두산 산비탈을 넘어야 했습니다. 어린 나에게는 엄청난
산오름이었지만 기차를 타고 제천역으로 가야 왁자지껄한 장터에서 사람 구경을 할
수 있었기에 힘든 줄 모르고 행복했습니다. 보름에 한 번씩 그 길을 건너오는 방물장수
아주머니를 손꼽아 기다리던 즐거움도 컸습니다. 뒤를 돌아보니 뭘 떨구고 온 듯한데 그게
뭔지 곱씹어 보게 됩니다.

흐르는 시간에 두 손을 드리워 떠올릴 수 있다면… 다정한 바람에 나부끼던 꽃잎을 보며
햇살처럼 웃는 엄마의 봄날처럼 좀 더 붙잡고 싶은 날들이 있습니다. 나에게 구멍가게와
함께하는 시간이 그렇습니다. 내가 어렸을 땐 길을 걷다 스치는 들풀, 들꽃처럼 소박하게
정겨운 구멍가게들이 요즘 편의점만큼 골목마다 넘쳐났습니다. 오랜 시간 지역의 공동체와
삶을 함께하며 평범하게 뿌리내린 구멍가게들은 가게마다 독특하고 고유한 아름다움을
지닌 도시의 문화이자 역사가 된 공간이었습니다. 25년 동안 그런 구멍가게들을 찾아
우리나라 구석구석 안 가 본 곳 없이 돌아다녔습니다. 한 해가 다르게 가게들이 문을 닫고
있습니다. 지금도 계절마다 구멍가게를 찾아 여행을 떠나지만 문을 연 가게를 만나는 일이

쉽지 않습니다. 요즘은 기억에 의존해 작업을 하기도 합니다. 가끔 작품을 보고 여기가
어디냐고 물어보는 분들이 있습니다. "그곳은 어디예요"라고 대답할 수 없을 때
"마음에 있어요!"라고 합니다.

세계의 구멍가게를 찾아 떠나는 일은 반복되는 단조로운 날들 사이로 비추는 햇살처럼
나를 성장하게 했습니다. 여행의 횟수를 더할수록 즐거움도 켜져 갔습니다. 가는 곳마다
유명한 문화재나 유적지를 보면서 장엄함에 놀라고 아름다움에 감탄했습니다. 그러나
집으로 돌아와 떠올리면 길 위의 시간들과 구멍가게를 찾으면서 느꼈던 잔잔한 감동이
두고두고 여운으로 남았습니다. 오랜 세월 삭히고 삭힌 평범한 사람들의 공간인 구멍가게는
감동의 영역입니다. SNS나 위성 지도에서 오래된 가게들을 발견하면 이미 마음이 그곳으로
향합니다. 공간의 경계를 넘어 다른 문명과 환경의 나라들을 여행하는 동안 새로운 경험을
하였습니다. 개발이 더딘 나라들은 내가 꿈꾸던 과거로의 체험을 할 수 있었고 문명이 비껴
간 나라에서는 자연의 일부로서 나를 발견하기도 했습니다. 수천 킬로미터 떨어진 지구
반대편에 있는 나라라고 해도 사람 사는 건 다 거기서 거기인 듯 우리와 다르지 않습니다.
세상이 작게 느껴지는 건 왜일까요? 지구라는 마을에서 우리는 모두 친구이고 이웃입니다.

몇 해 동안 코로나19로 여행이 어려워서 세계의 구멍가게를 그리는 작업도 늦어졌습니다.
늘 그랬듯이 우리는 결국 바이러스를 이겨내고 다시 일상으로 복귀했습니다. 그러나
한고비를 넘기니 이번엔 전쟁이 일어났고 강대국 간의 경제 패권 경쟁으로 모두가 힘든
시간을 보내고 있습니다. 전 세계가 기후변화에 따른 자연재해로 몸살을 앓고 다가올 미래가
어떻게 달라질지 몰라 두렵기도 합니다. 매번 예상치 못한 넘어야 할 고난과 견뎌야 할
시련이 파도처럼 밀려옵니다. 세계는 시계의 크고 작은 톱니바퀴처럼 맞물려 있어 세상의
변화에 누구도 자유로울 수 없습니다.

최근에는 챗GPT를 이용한 쉽고 빠른 이미지 생성이 유행하고 AI 로봇이 인간의 고유한
영역까지 근접해 그 경계마저 넘나들려 하고 있습니다. 각자의 보폭으로, 속도로 세상을
살아가도 충분할 텐데… 시류에 휘둘리지 않고 생각한 대로 의지대로 살아가고 싶은데…
그래도 요즈음 드라마 배경에 여전히 서정적인 구멍가게가 중심을 잡고 있어 뿌듯했습니다.

이번 작업은 주로 아시아와 유럽의 가게들을 담았습니다. 기회가 되면 중남미와 아프리카로도 떠나고 싶습니다. 세상의 구멍가게들을 한자리에 사이좋게 모아 두니 흐뭇합니다. 세계가 이렇게 평화로울 수만 있다면 얼마나 좋을까요!

구멍가게를 통해서 만났던 모든 분들을 응원하며

그 평범한 존재들의 불멸을 꿈꿔 봅니다. ✳

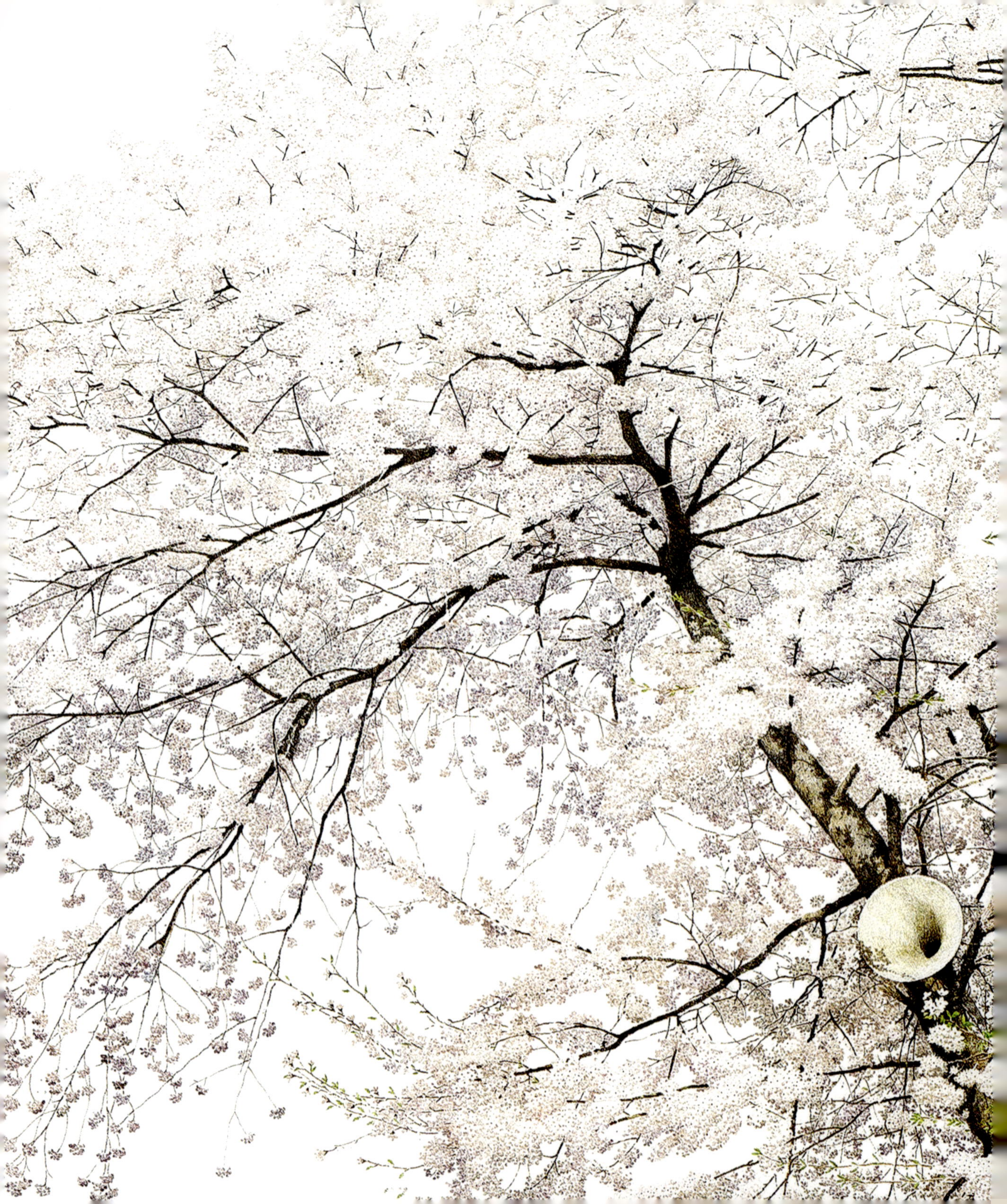

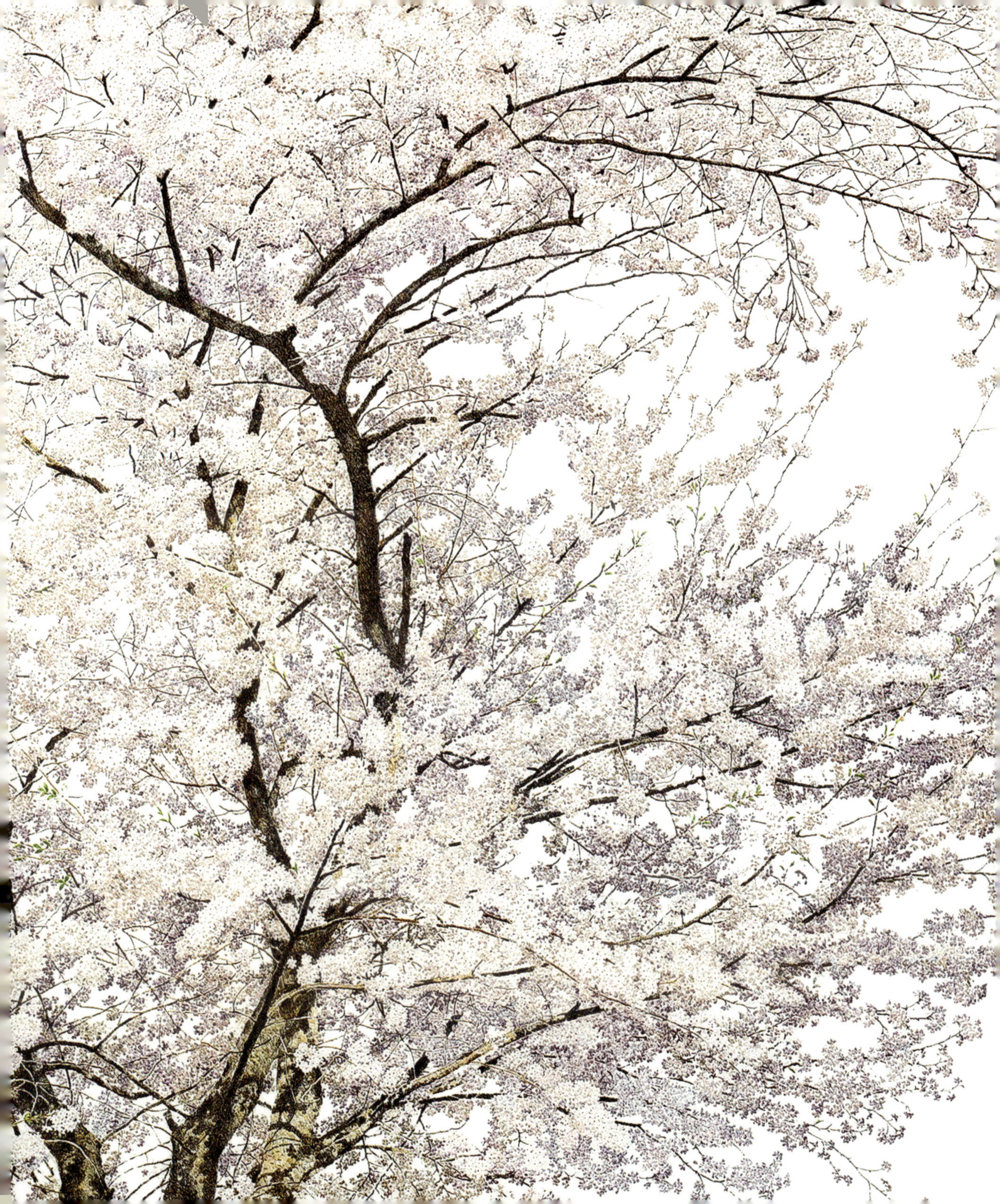

도서출판 남해의봄날 로컬북스 36
이웃한 도시라도 자세히 들여다보면 서로 다른 자연과 문화, 아름다움을 품고 있습니다.
독특한 개성을 간직한 크고 작은 도시의 매력, 그리고 지역에 애정을 갖고 뿌리내려 살아가는
사람들의 이야기를 남해의봄날이 하나씩 찾아내어 함께 나누겠습니다.

마음을 두고 온 곳, 세계의 구멍가게 이야기

초판 1쇄 펴낸날   2025년 6월 27일
    2쇄 펴낸날   2025년 7월 21일

글, 그림   이미경
편집인   천혜란책임편집, 박소희
마케팅   조윤나
디자인   류지혜
인쇄   펌피앤피

펴낸이   정은영편집인
펴낸곳   (주)남해의봄날
                경상남도 통영시 봉수1길 12
                전화 055-646-0512
                팩스 055-646-0513
                이메일 books@nambom.com
                페이스북 /namhaebomnal
                인스타그램 @namhaebomnal
                블로그 blog.naver.com/namhaebomnal

ISBN   979-11-93027-50-9 03810

* 이미경 작가가 쓴 또 다른 책들

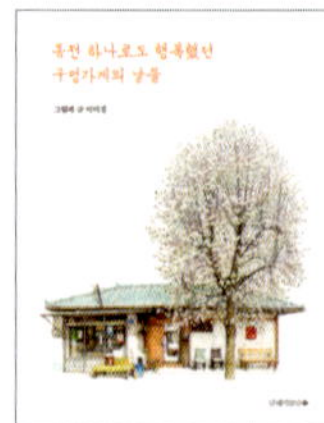 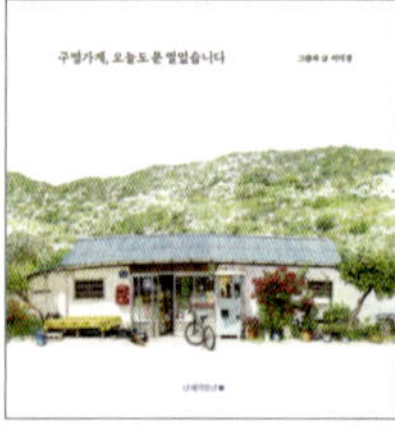